LOVEBOAT 1

LOVEBOAT 2

LOVEBOAT 3

Idee, Design & Layout: PiT

Alle Stories sind frei erfunden

Impressum

Herstellung und Verlag:
BoD - Books on Demand GmbH, Norderstedt
ISBN: 9783749452033

LOVEBOAT 4

6	Flaschenpost
9	Irrlichter
16	Ein kleines Lied
23	Der Geistersee
30	Der Krug
34	Tornado
38	Rons Engel
43	Schwester Annemarie
47	Blitzschlag
51	Flugunterricht
55	Karussell
58	Die Tarnkappe
66	Das Haus auf der Insel
74	Das Engelsbuch
78	Spätsommer
82	Ausgebremst
86	Der Große Preis
92	Der Ring der Mutter
98	Der kleine Fuchs
105	Tetra-Virus
111	Die Begegnung
119	Großmutters Bild
124	Der Untermieter

LOVEBOAT

Flaschenpost

Jenny liebte es, ihren Urlaub am Meer zu verbringen. Immer, wenn es ihr möglich war, fuhr sie dorthin. Und wenn die kühle Seeluft um ihre Ohren blies, fühlte sie sich so richtig wohl. Auch im Sommer des Jahres 2002 war das wieder so. Bereits drei Tage genoss sie schon ihren Urlaub und das Wetter war herrlich. Die Sonne schien und sie konnte jeden Tag am Strand liegen. An einem besonders heißen Tag musste sie sich oft im Wasser abkühlen, damit sie es in der Sonne aushalten konnte. Sie schwamm weit hinaus und tauchte ab und zu mit ihrem Kopf in das kühle Wasser. Plötzlich stieß sie an einen harten Gegenstand. Erschrocken schaute sie sich um und entdeckte vor sich eine kleine Flasche, die munter auf den Wogen tanzte. Natürlich wunderte sie sich über dieses seltsame Fundstück, doch sie ergriff es und schwamm zum Strand zurück. Sie hatte keine Zweifel, dass es sich um eine Flaschenpost handelte. In ihrer kleinen Strandburg betrachtete sie sich die Flasche etwas genauer. In ihrem Inneren entdeckte sie einen eingerollten Zettel, war das ein Brief? Mit einem Stein zerschlug sie die Flasche und nahm den Zettel an sich. Bisher hielt sie das Ganze für einen großen Spaß, doch als sie den Zettel las, verging ihr das Lachen. Der Zettel war in englischer Sprache verfasst. Darauf stand: „Ich bin Toni Miller. Ein Schiff ist in Seenot, die „Corona-Star"! An Bord sind etwa 150 Passagiere. Sie wurden im dichten Nebel von irgendetwas gerammt. Wenn Sie diese Nachricht lesen, kommen sie und rettet Sie die Leute. Vielleicht haben sie noch eine Chance. Danke, T.M.!" Nervös faltete Jenny den Zettel zusammen und sammelte die Scherben der Flasche auf, um sie in eine alte Einkauftüte zu werfen. Sollte sie diese Flaschenpost ernst nehmen? Doch an wen sollte sie sich wenden? Vielleicht wusste die örtliche Polizei Rat. Sie packte ihre Sachen zusammen und lief los. Bei der Polizei legte sie den Zettel vor und die begannen nach anfänglichen Bedenken mit den Ermittlungen. Jenny war nicht sehr wohl bei dem Gedanken, dass vielleicht zur gleichen Zeit so viele Menschen in Not sein könnten. Das Schiff, die „Corona-Star" gab es tatsächlich und sie war bereits auf dem Weg. Doch es gab weder eine Katastrophe, noch waren Menschen in Not. Es konnte nichts unternommen werden. Dennoch ließ Jenny diese Nachricht keine Ruhe. Sie hatte das untrügliche Gefühl, dass dem Schiff nichts Gutes bevorstand. Von ihrer Mutter hatte sie diese Gabe für Vorahnungen geerbt. Und schon oft wurden sie dadurch vor Schlimmerem bewahrt. Sie musste unbedingt Kontakt zum Kapitän des Schiffes aufnehmen. Von der Polizei erfuhr sie, wie sie mit dem Schiff in Kontakt treten konnte. Sie rief beim Kapitän an und der zeigte sich sehr verständig. Jenny meinte, dass sein Schiff möglicherweise mit etwas Unbekanntem kollidieren könnte. Und da sich die „Corona-Star" bereits vor einer dichten Nebelwand befand, ließ er das Schiff vorsichtshalber evakuieren. Kaum hatte er die Passagiere zu drei in der Nähe befindlichen Fischkuttern bringen lassen, geschah das Unglück. Aus der Luft ertönte ein ohrenbetäubendes Pfeifen, dann schlug mit lautem Knall etwas Großes auf das Schiff. Es stellte sich heraus, dass ein Meteorit aus dem All auf das Schiff gestürzt war. Er zerstörte einige Kabinen und riss außerdem ein riesiges Loch in den Rumpf. Im dichten Nebel sank das Schiff innerhalb weniger Stunden. Hätte der Kapitän nicht rechtzeitig die Menschen auf dem Schiff evakuieren lassen, wären viele ums Leben gekommen. Jenny konnte es einfach nicht fassen. Die Katastrophe fand tatsächlich statt! Doch das aller seltsamste war, dass die Flaschenpost von keinem der Geretteten abgeschickt wurde. Weder unter den Passagieren noch in der Mannschaft des Schiffes gab es einen Toni Miller. Vielleicht hatte jemand unter einem falschen Namen die Flaschenpost verfasst? Als sie den Zettel noch einmal genauer betrachtete, bemerkte sie, dass es sich um ein abgerissenes Stück eines Kalenders handelte. Darauf stand ein Name, vielleicht der des Schiffes, Jenny las: „Andrea Doria". Auch das Datum konnte man noch erkennen. Es war der 25. Juli, der Tag, an welchem die Andrea Doria damals mit einem anderen Schiff kollidierte. Bei Jennys weiteren Recherchen kam außerdem ans Licht, dass sich an Bord der „Andrea Doria" auch ein Passagier namens Toni Miller befand.

Irrlichter

Mein Job als Kundenberater in einer großen Bank stresste mich schon sehr. Von Tag zu Tag verlangte mein Chef mehr Abschlüsse von mir. Und obwohl ich schon sehr gut war, wollte er immer noch mehr. Ich überlegte schon, wie ich die Kunden am besten über den Tisch ziehen könnte, dachte tatsächlich bereits an krumme Geschäfte. Dennoch plagten mich endlose Skrupel und ein schlechtes Gewissen. Irgendwann würden all diese üblen Dinge ans Tageslicht kommen und dann? Ich wagte nicht, weiter darüber nachzudenken, lenkte mich mit körperlicher Ertüchtigung ab. Wenn es die Zeit erlaubte, fuhr ich aufs Land hinaus. Ich hatte ein ganz bestimmtes Ziel, ein großes Waldgebiet, welches sich an einen merkwürdig geformten Hügel schmiegte. Dort fühlte ich mich wohl und sicher. Stundenlang ging ich dort spazieren und dachte über mich und meinen Job nach. So manche Idee kam mir in dieser verlassenen Gegend. Auch an einem Sonntag, an welchem das Wetter Purzelbäume zu schlagen schien. Mal war es sonnig und warm, dann wieder regnete es und es war kalt und stürmisch. Dennoch zog es mich magisch dorthin. Es war so gegen Drei, als ich auf die kleine Wiese einbog, die als Parkplatz diente. Außer mir schien sich an diesem Tag keiner dorthin verirrt zu haben. Ich schnappte mir meinen Schirm und lief los. Einige Wege kannte ich bereits und so gelangte ich immer tiefer in den Wald. Und es dauerte gar nicht lange, da schlug das Wetter um. Dicke Wolken zogen auf und ein heftiger Regenschauer fiel durch die hohen Bäume am Weg. Das dichte Blattwerk konnte nur wenige Tropfen aufhalten. Der Rest verwandelte den Weg in einen regelrechten Sumpf. Dunkel war es geworden und kalt. Irgendwann war es so stockdunkel, dass ich die Hand nicht mehr vor den Augen sah. Und plötzlich hatte ich mich verlaufen. Der Sturm hatte längst tonnenweise Blätter auf die Wege geweht, sodass ich nicht mehr erkennen konnte, wohin ich trat. Bei jedem Schritt sank ich zentimetertief in den Morast. Sollte ich einfach umkehren? Doch wohin? Unterwegs war ich an so vielen Gabelungen vorbeigekommen, da würde ich den richtigen Weg ganz sicher nicht mehr finden. Ich lief einfach weiter geradeaus, in der Hoffnung, das Waldstück bald durchquert zu haben. Doch das stellte sich als Irrglaube heraus. In der Zwischenzeit war es so dunkel geworden, dass ich mich überhaupt nicht mehr zurechtfand. An einem dicken Baum blieb ich stehen. Ich holte mein Handy aus der Jackentasche, doch es hatte natürlich keinen Empfang. Das hätte mir eigentlich klar sein müssen, denn so tief im Wald, na ja. Längst lief ich nur noch auf einer Art Trampelpfad. Den richtigen Weg hatte ich unmerklich verlassen. Plötzlich raschelte es hinter mir. Sofort blieb ich stehen und spitzte meine Ohren! Gleichzeitig duckte ich mich hinter einen dichten Busch. Außerdem war es zu dunkel, genaueres zu erkennen. Dennoch hörte ich deutlich, wie jemand tief ein- und ausatmete. Dieses Geräusch kam immer näher und wurde immer lauter. Mir blieb fast das Herze stehen. Ich rührte mich nicht, hockte wie erstarrt hinter meinem Busch. Als das Atmen genau vor mir zu sein schien, hielt ich meinen Atem an. Ich blinzelte durchs Geäst und sah mit Schaudern eine Gestalt in einem langen schwarzen Umhang. Sie hatte die Kapuze über den Kopf gezogen und atmete laut und schwer. Sollte ich mich zu erkennen geben? Aber was, wenn diese Gestalt nichts Gutes im Schilde führte? Eisern hielt ich die Luft an und musste wohl schon eine bläuliche Gesichtsfärbung angenommen haben. Da bewegte sich die Person weiter voran und verschwand alsbald im Dunkel des Waldes. Unterdessen war der Sturm derart heftig geworden, dass die Bäume knarrend hin und her schwankten. Außerdem rauschte es so laut, dass man glaubte, am Ufer des tobenden Meeres zu stehen. Doch das war nicht das Schlimmste. Viel größer war meine Angst vor dieser rätselhaften furchteinflößenden Gestalt. Wer war das nur? Und warum atmete dieser Jemand so schwer? Ich hielt es hinter meinem Busch einfach nicht mehr aus. Ich musste unbedingt wissen, wohin die Gestalt gegangen war. Vorsichtig und in geduckter Haltung schlich ich mich auf den schmalen Pfad zurück. Sollte ich vielleicht doch besser wieder umkehren? Ich wusste es einfach nicht und entschloss mich, doch weiter zu gehen. Der

Regen hatte etwas nachgelassen und so brauchte ich wenigstens den Schirm nicht mehr. Langsam, Schritt für Schritt pirschte ich mich voran. Glücklicherweise war wenigstens der Sturm nicht mehr ganz so heftig. Irgendwann endete der Pfad. Ich musste mich entscheiden, entweder weiter durch das unwegsame Gelände zu stolpern oder doch wieder zum Pfad zurück zu kehren. Meine Neugierde siegte schließlich über die Angst und die Vernunft. Mit einem großen Schritt begann ich meine Pirsch durchs Unterholz. Zunächst sah ich nichts weiter als die dunklen Bäume und das dichte Buschwerk um mich herum. Doch plötzlich leuchteten zwei rote Lichter vor mir auf. Ich erschrak derart, dass ich mich regelrecht fallen ließ. Ich fiel ins weiche feuchte Laub und wusste im ersten Moment gar nicht, wovor ich überhaupt Angst haben sollte. Denn die beiden roten Lichter leuchteten lediglich durch das Buschwerk hindurch, kamen von einem einsam im Wald stehenden, bizarr anmutenden Gebäude. Es hatte keinen Zugang oder einen Pfad, der zu einer Tür führen könnte. Die beiden roten Lichter waren zwei hell erleuchtete Fenster. Aber wieso war es ausgerechnet rotes Licht? Langsam ging ich näher heran. Vermutlich gehörte die seltsame Gestalt von vorhin in dieses Haus? Als ich vor einem der Fenster stand, hörte ich erneut dieses seltsame Atmen. Es war derart nahe, dass ich mich hinter einer Hausecke versteckte. Und da kam sie wieder, die schwarzgekleidete Gestalt. Doch plötzlich fiel mir noch etwas anderes auf. Diese rätselhafte Gestalt lief nicht durch die Wiese, nein, sie schwebte! Vor Angst wäre ich beinahe ohnmächtig geworden. Doch ich durfte unter keinen Umständen einen Laut von mir geben. Die seltsame Erscheinung schwebte ums Haus herum. Ich rannte, so schnell mich meine Füße trugen zum nächstbesten Busch. Dort duckte ich mich wieder und wartete ab. Die Gestalt schwebte auf den Busch zu und ich befürchtete schon das Schlimmste. Doch plötzlich zuckte ein heftiger Blitz vom Himmel auf die Gestalt herab. Im selben Augenblick war sie verschwunden. Hatte sie der Blitz getroffen? Oder lag sie vielleicht irgendwo hinter einem Busch und hatte sich verletzt? Doch ich konnte sie nirgends mehr entdecken. Was ging hier nur vor? Mittlerweile traute ich mich überhaupt nicht mehr aus meinem Versteck. Doch mir blieb mal wieder keine Wahl. Wenn ich wissen wollte, was das alles zu bedeuten hatte, musste ich mich hervorwagen. Wieder schlich ich mich so leise wie ich konnte hinter meinem Busch hervor und näherte mich dem Gebäude. Die roten Lichter waren erloschen und ich nahm an, dass die Gestalt verschwunden sei. Doch ich irrte mich gewaltig. Als ich vor der hölzernen Tür des Hauses stand, hörte ich wieder dieses entsetzliche Atmen. Mir gefror regelrecht das Blut in den Adern. Und ich wusste auch nicht mehr, wohin ich mich retten sollte. Schon erkannte ich die schwarze Gestalt an der Hausecke. Langsam kam sie näher und blieb plötzlich stehen. Unter der Kapuze blitzten zwei rote Lichter hervor und gaben für einen kurzen Moment den Blick auf einen Totenschädel frei. Gleichzeitig zuckten Blitze am Himmel und tauchten die Gestalt und das Haus in ein gespenstisches furchterregendes Licht. Ich weiß nicht mehr, was es war, aber mir schien in diesem Augenblick alles egal zu sein. Ich brüllte los: „Wer bist Du eigentlich? Der Teufel persönlich? Dann scher Dich weg! Du kriegst mich nicht! Oder willst Du nur die Leute erschrecken!" Die Gestalt, die vermutlich mit einem solchen Ausbruch meiner Gefühle nicht gerechnet hatte, schwebte zurück zur Hausecke, hinter der sie schnell verschwand. Beim nervösen Kramen in der Jackentasche hielt ich plötzlich eine kleine Taschenlampe in der Hand. Erleichtert stellte ich fest, dass sie funktionierte und hell erstrahlte. Mutig schritt ich zur Hausecke und leuchtete dahinter. Doch die Gestalt war verschwunden. Wieder rief ich laut: „Jetzt hast Du wohl Angst bekommen." Doch da war es wieder, das laute Atmen, genau hinter mir. Blitzartig drehte ich mich um und leuchtete mit der Lampe mitten ins Gesicht dieser entsetzlichen Gestalt. Die roten Augen starrten mich an! Der Totenschädel bewegte den Mund und ich spürte den eiskalten Hauch, welcher aus der Gestalt wie ein eisiger Wind trat! Panisch schloss ich meine Augen, wollte wegrennen, doch ich konnte es nicht! Als ich die Augen öffnete, lag ich vor meinem Bett! Erschrocken stellte ich fest, der laute Atem war mein eigener gewesen. Ich hatte einen grässlichen Alptraum, schwitzte und zitterte am ganzen Leibe! Was für ein furchtbarer Traum! Wie kam ich nur auf solch absurde Gedanken? Was hatte sich mein Hirn da Verrücktes ausgedacht? Ich schaute zur Uhr, sie zeigte Viertel nach 1, Mitternacht war also vorbei. Stöhnend erhob ich mich vom Boden und stieg ins Bett zurück. Ich dachte an die schwierigen Termine am nächsten Morgen. Gleich drei Kundengespräche musste ich führen. Und mein Chef verlangte Abschlüsse, viele Abschlüsse. Deswegen musste ich schlafen. Ich schaute zum Fenster, wollte sehen, ob es noch offenstand. Ich erschrak, hinter der vom Wind hin und her bewegten Gardine leuchteten zwei rote Lichter!

Ein kleines Lied

Es war am Weihnachtsabend irgendwo in Hollywood. Der Kirchendiener Jim schlenderte ganz allein und ziemlich einsam durch die breiten Straßen seiner wunderschön geschmückten Stadt und sah die vielen erwartungsvollen Gesichter all der Kinder, die an ihm vorüberliefen. Und er erinnerte sich an seine eigene Kindheit vor sechzig Jahren, da lebte er noch in Detroit, Michigan. Immer schon war die Familie arm und Papa und Mama mussten sehr hart arbeiten, um wenigstens an Weihnachten ein schönes Essen auf den Tisch zu zaubern. Von großen Geschenken konnte er nur träumen, aber nein, er träumte davon nicht. Denn er wollte nicht, dass seine Eltern nur für ihn allein noch mehr arbeiten mussten als sie es ohnehin schon taten. Der allerschönste Moment war dann, wenn die Mama die Kerzen am Weihnachtsbaum entzündet hatte und mit der kleinen Weihnachtsglocke die Bescherung einläutete. Ja, es war dieses Zusammensein, diese Liebe untereinander, die er sich immer bewahrt hatte. Nachdenklich schaute er zu seiner kleinen Kirche, in welcher er seit vielen Jahren stundenweise tätig war. Irgendwie strahlte sie an diesem Heiligen Abend eine alles durchdringende Traurigkeit aus. Längst waren die Gottesdienste vorüber und sicherlich würden sehr viele Kinder sehr viele Geschenke bekommen. Ein leises Lächeln huschte über Jims Gesicht und er wischte sich eine winzige Träne vom

Kinn. Es war schade, dass er sich damals mit seinen Eltern verstritten hatte und kaltherzig aus Detroit wegging. Die Familie verlor sich schließlich gänzlich aus den Augen und Jim landete dann in Hollywood, wo er anfangs noch glaubte, sein großes Glück zu finden. Doch alle Träume platzten wie dicke Seifenblasen im Wind und er war am Ende froh, dass er in dieser kleinen Kirche ab und an mithelfen durfte. Viel Geld konnte er sich als Kirchendiener jedoch nicht zusammensparen. Und zu einer Familie hatte er es auch nie gebracht. Aber er konnte die Menschen glücklich machen. Und genau das war es, was ihn selbst ein klein wenig zufrieden sein ließ.

Als er so vor sich hin grübelnd in eine dunkle Seitenstraße einbog, um langsam nach Hause zu gehen, stand plötzlich ein alter Mann vor ihm. In seiner gebückten Haltung schien es wohl ein Bettler zu sein, dem es wirklich nicht gut ging. Jim fragte den Fremden, ob er ihm helfen könnte. Der alte Mann musterte Jim wortlos, holte dann tief Luft und flüsterte schnell: „Ja, ich glaube, du kannst mir wirklich helfen. Du kannst mich zu deiner Kirche begleiten, um mit mir zu beten." Jim wunderte sich, denn er hatte seine kleine Kirche doch längst abgeschlossen, weil der letzte Gottesdienst schon vorüber war. Außerdem war er doch gar kein Pfarrer und er war auch nicht sehr bibelfest. Doch der alte Mann, dem es wahrlich nicht sehr gut zu gehen schien, tat ihm ein wenig leid und so antwortete er: „Gut, wenn du willst. Aber es wird ganz sicher kein großes Erlebnis für dich, denn ich bin kein Pfarrer." Der Alte wiegte schweigend mit seinem Kopf und raunte nur: „Ich weiß, ich weiß mein Sohn. Lass uns dennoch gehen." Die beiden liefen die Straße hinunter bis sie vor Jims kleiner Kirche standen. Dunkel lag sie unter den Bäumen und Jim kramte umständlich den Schlüssel aus seiner Jackentasche. Die Tür knarrte beim Öffnen und alsbald standen die beiden vor dem kleinen Altar. Jim hatte eine dicke Kerze angezündet, die er neben dem Altar abstellte. Der Alte schaute immer wieder zu Jim und dann zu Jesus am Kreuz. Dabei schien er ganz leise in sich hinein zu kichern. Wollte er sich etwa lustig machen? „Komm, lass uns jetzt beten", sagte er dann. Und die beiden knieten nieder und sprachen ein Gebet. Es war eigentlich so, wie es immer war, doch auch wieder völlig anders. Jim konnte es sich nicht erklären aber tief in sich verspürte er eine ganz merkwürdige Leichtigkeit, eine Wärme, die er noch nie gefühlt hatte. Was war das nur? Es war doch nur ein ganz gewöhnliches Gebet, welches er schon so oft gesprochen hatte. Und er hatte doch schon für so viele Menschen gebetet. Ihm fiel auf, dass der vermeintliche Bettler ihm sein Gebet widmete. Warum tat er das? Warum schloss er ihn in sein Gebet ein, wenn er ihn doch überhaupt nicht kannte? Aber kannte er ihn wirklich nicht? Die ganze Zeit über war es Jim, als wenn er den Alten schon ewig kannte. Was ging hier nur vor? Solch eine Liebe, die in seinem Herzen war, solch eine Demut und Hingabe zu

Gott hatte er lange nicht mehr verspürt. Doch es wurde immer merkwürdiger, denn der Alte erhob sich plötzlich und begann ein Weihnachtslied zu singen: Stille Nacht. Für einen kurzen Moment hielt Jim inne und wartete kurz ab. Dann sang er einfach mit. Und welch ein Wunder, obwohl er nie singen konnte und sich um jedes Lied herumdrückte, weil er die Texte nicht beherrschte, gingen ihm jetzt die Textzeilen über die Lippen, als sei es niemals anders gewesen. Und er sang so wundervoll, dass er es selbst nicht begriff. Auf einmal öffnete sich die Kirchentür und neugierige Menschen schauten herein. Sie mochten sich wohl fragen, wer da so gut singen konnte. Jim staunte, denn es waren all die vielen Bettler, die vergessenen Kranken und die herumlungernden Kinder, die auf den Straßen umherirrten, weil sie an Weihnachten niemanden hatten. Selbst die Prostituierten und die Gangster, die sonst die Straßen unsicher machten, standen wie staunende Kinder vor dem magisch glänzenden Altar, der doch nur von einer einzigen Kerze erhellt wurde. Und der Alte rief laut: „Kommt nur, kommt alle herein, dieser Gottesdienst ist nur für euch!" Jim sang ein Weihnachtslied nach dem anderen und konnte einfach nicht mehr aufhören. Und einer nach dem anderen stimmte mit ein in diesen wundersamen Gesang. Plötzlich jedoch verstummte der Alte und starrte wie begannt zur Tür. Als auch Jim dorthin schaute, traf ihn beinahe der Schlag. Waren da nicht … ja wirklich … sie waren es! In der Tür standen seine Mom und sein Dad. Und es war so wie es damals war, als er noch ein Kind war. Weinend rannte er auf seine Eltern zu und umarmte sie und konnte sie einfach nicht mehr loslassen. In diesem so magischen Moment schien alles vergessen, was jemals zwischen ihnen gestanden hatte, und nur dieser eine Heilige Abend zählte. Ach, es war so wunderbar, dieser Gottesdienst in jener kleinen Kirche, fernab vom Glimmer dieser geheimnisvollen Stadt Hollywood. Und es schien wie ein Märchen, wie ein zauberhaftes Märchen aus einem Märchenbuch, welches wohl nur Gott zu erzählen vermochte. Jim schaute sich um, wollte dem Alten danken, dass der seine Eltern aus Detroit geholt hatte, um ihn zu überraschen. Doch der alte Mann war nirgends mehr zu sehen. Und auch Jims Eltern meinten, dass sie niemand eingeladen hätte. Allerdings hätten sie einen Briefumschlag mit einer höheren Geldsumme erhalten. Und in dem kurzen Anschreiben stand, dass sie damit zu ihrem Sohn kommen sollten, der in Hollywood lebte. Jim konnte das alles nicht glauben. Doch es war ihm auch egal. Es war nur noch wichtig, dass sie alle zusammen waren und sich nun nicht wieder aus den Augen verlieren durften. Doch es gab noch ein weiteres Wunder. Aus einem nahen Restaurant wurde eine riesige Lieferung von Sandwiches und Getränken an die Kirche geliefert. Wer sie bezahlt hatte, wollte der Kurierfahrer nicht sagen, es war eine Überraschung. Doch Jim ahnte, dass nur der Alte dahinterstecken

konnte. Es war wirklich ein wunderschöner Heiliger Abend in dieser kleinen Kirche. Und Jim hatte auf einmal die Idee, immer solche Gottesdienste zu halten, nicht nur an Weihnachten. Und er wollte diese Gottesdienste für all die armen Menschen abhalten, die in dieser Stadt lebten. Schon am nächsten Tag sprach er mit dem Pfarrer und der schien recht angetan von dieser Idee, hatte er doch von dem großen Erfolg des Gottesdienstes am Heiligen Abend gehört. Immerhin sprach schon die ganze Stadt davon, und in allen Gazetten wurde darüber berichtet. Eine bessere Publicity konnte sich der Pfarrer nicht vorstellen. Jim allerdings ging es gar nicht darum. Er wollte einfach noch mehr für die Armen tun und hielt fortan so oft es ihm möglich war einen solchen Gottesdienst. Und immer sangen sie Weihnachtslieder, auch „Stille Nacht" Irgendwann wurde auch er als Pfarrer eingesetzt und er wurde sehr berühmt. Viele Städte wollten Jim in ihren Gotteshäusern hören und sehen. Und in jeder Stadt sang er seine Weihnachtslieder, und immer wieder sang er „Stille Nacht"
Seine Eltern zogen zu ihm nach Hollywood und gemeinsam lebten sie in einem kleinen Haus gleich neben der Kirche, welches sich Jim von seinem Geld nun leisten konnte. Ja, es war so, wie es früher war, sie waren alle wieder zusammen. Mehr wollte Jim auch gar nicht. Den alten Mann hatte er nie wiedergesehen. Doch immer, wenn er seinen Gottesdienst abhielt, glaubte er, dass der Alte ganz nah bei ihm war. Er hörte ihn

sogar singen, und allein das gab ihm die Überzeugung, dass er es richtig gemacht hatte. Er wusste genau, was er im Leben wollte. Er wollte die Menschen glücklich machen und wollte für immer mit seinen Eltern zusammen sein. Er wusste, sein Leben war wie ein märchenhaftes Lied und er wollte immer nur dieses eine, leise kleine Weihnachtslied singen:

„Stille Nacht"

Der Geistersee

Carmen liebte die Einsamkeit. Immer, wenn es passte, floh sie aus der hektischen Stadt, um irgendwo draußen in der Natur Urlaub zu machen. Diesmal sollte es ein See im wunderschönen Mecklenburg-Vorpommern sein. Malerisch lag der kleine See zwischen den Bäumen des stillen Waldes und das kleine Ferienhaus schmiegte sich idyllisch zwischen die Bäusche und Sträucher. Es regnete ein wenig, als sie den See erreichte. Doch sie verschanzte sich nicht etwa in dem kleinen Ferienhaus, nein, sie setzte sich mit ihrem Regenschirm an den Strand und genoss die Ruhe. Weil sie abschalten wollte und noch immer den Lärm der großen Stadt Berlin in ihren Ohren hatte, bemerkte sie gar nicht, dass ein dumpfes Grollen über die Wasseroberfläche kroch. Als sie es schließlich doch bemerkte, war es bereits zu spät. Schäumend und rumorend teilte sich die Wasseroberfläche vor ihr und irgendetwas wurde an Land gespült. Als Carmen genauer hinsah, traf sie beinahe der Schlag. Denn das, was da vor ihr lag, war ein toter Mensch! Allerdings war er in irgendetwas eingewickelt. Carmen war derart überrascht, dass sie sich zunächst gar nicht bewegen konnte. Wie gelähmt starrte sie auf den Toten und wusste nicht, was sie tun sollte. Schnell zog sie ihr Mobiltelefon aus der Tasche und wollte die Polizei rufen. Doch es war genau wie in einem schlechten Film, sie hatte kein Netz.

Und als ob das noch nicht alles war, schäumte erneut das Wasser wild auf und umschloss sie wie ein Ring. Carmen saß wie auf einer Insel und das schäumende Wasser um sie herum schien sie nicht mehr fortlassen zu wollen. Immer näher kamen die Wogen an sie heran und schienen sie wohl schon bald gierig in sich verschlingen zu wollen. Da erblickte sie einen Baumstamm, der wehrhaft in der schäumenden See standhielt. Schnell sprang sie auf den Baumstamm zu und staunte, dass sie so flink an dem Stamm empor-klettern konnte. In einer Astgabel ganz oben hielt sie inne und musste sich erst einmal verschnau-fen. Unter sich sah sie das tosende Wasser und konnte gar nicht verstehen, was da vor sich ging. Vermutlich war der Mann, der tot am Ufer lag, auf die gleiche Weise ums Leben gekommen. Nur hatte er es nicht mehr geschafft, diesen Baumstamm zu erreichen, der ihm vielleicht das Leben hätte retten können. Dennoch war auch für sie die Lage sehr ernst und es sah beinahe so aus, als wenn sich schon in Kürze auch ihr Schicksal gegen sie wenden würde. Aber da be-ruhigte sich der See wieder und das Wasser zog sich zurück. Es schien beinahe so, als wenn der See nur drohen wollte, nur ja nicht zu nahe an irgendetwas zu kommen. Und weil Carmen so schnell auf den Baum geklettert war, bestand keine Gefahr mehr für den See. Was jedoch konnte es in diesem See schon für ein Geheimnis geben? Carmen beschloss, der Sache auf den Grund zu gehen. Doch dazu musste sie erst einmal vom Baum herunter, und die Angst vor dem Abstieg war groß! Sollte sie es wirklich wagen? Was, wenn es gleich wieder los ging? Sie musste es tun und kletterte vorsichtig und mutig auf das steinige Ufer zurück. Der Tote war sonderbarerweise wieder weggespült worden, fast schon so, als wollte es der See nicht zulassen, dass der neue Gast Carmen gleich die Polizei holte. Dennoch konnte er die Tatsache nicht wegspülen, denn Carmen hatte den Toten nun einmal gesehen und sie würde ganz sicher schon bald die Polizei alarmieren.

Als die junge Frau in der sicheren Hütte unter den Bäumen war, schaute sie nachdenklich aus dem Fenster zum See hinüber. Noch wollte sie die Polizei nicht holen, denn es dämmerte bereits und in der Nacht wollte sie keinesfalls am Ufer des Sees verharren, um auf die Beamten zu warten. An Schlaf war allerdings auch nicht zu denken, und so holte sie sich stattdessen einen Stuhl, um sich am Fenster zu postieren. Sie musste versuchen, wach zu bleiben, damit sie den See im Auge behalten konnte. Gegen Mitternacht vernahm sie wieder dieses rätselhafte Grollen, welches sie schon beim Eintreffen an diesem Gewässer bemerkt hatte. Es rumorte und brummte derart heftig, dass Carmen keine Schwierigkeiten hatte, wach zu bleiben. Vielleicht war es tatsächlich eine Warnung, jedenfalls traute sich die junge Frau die ganze Nacht über nicht aus der Hütte. Die ganze Zeit über hatte sie darüber nachgedacht, ob sie überhaupt jemanden holen sollte.

Und sie fand, dass sie ihre Beobachtungen nicht beweisen konnte. Denn der Tote war nicht mehr da und der See lag ruhig, als sei nie etwas gewesen. Nein, sie musste sich lediglich entscheiden, ob sie bleiben wollte oder doch wieder nach Hause fahren mochte. Sie blieb und suchte nach einer Sonnenliege. Im hinteren Teil der Hütte fand sie einen hölzernen Sonnenstuhl. Denn schleppte sie ans Ufer und legte sich in die Sonne. Der Latte Macchiato schmeckte wunderbar und es schien, als wenn dieser neue Tag frei von allem Bösen sein würde. Bis auf die Tatsache, dass es ab und an mal leise brummte, tat sich nichts mehr. Irgendwann fand sie das Ganze auch gar nicht mehr so schlimm. Vielleicht hatte sie sich ja den Toten auch nur eingebildet oder es war ein Gag, den man sich extra für die meist einsamen Urlauber hier draußen ausgedacht hatte? Sie wusste es nicht und schob all ihre verrückten Erlebnisse kurzerhand ins Reich der Fantasie. Als es ihr immer wärmer wurde, wollte sie doch ins Wasser, um sich ein wenig frisch zu machen. Auch war das andere Ufer ganz nah, sodass es sicherlich keine Schwierigkeiten gäbe, dorthin zu schwimmen. Vorsichtig benetzte sie ihre Zehen mit dem frischen klaren Wasser. Ach, wie herrlich das doch war, und dann dachte sie gar nicht länger nach und lief laut „Juhu" rufend in den See hinein. Mehrmals schwamm sie die kurze Strecke hin und zurück und fühlte sich dabei immer besser. Plötzlich jedoch schien es ihr, als wenn sich die Beschaffenheit des Wassers abrupt änderte. Und ausgerechnet jetzt war sie genau in der Mitte des Sees. Als sie mit ihren Händen das Wasser untersuchte, erschrak sie fürchterlich, denn das Wasser war kein Wasser mehr, sondern zähes rotes Blut! Erschrocken und ängstlich paddelte sie in der zähflüssigen Brühe bis zum Ufer zurück und lief sofort zur Hütte. Sie zitterte am ganzen Leibe und spülte das Blut mit einem Kanister Wasser von ihrer Haut. Als sie zum See zurücklief, war da wieder reines frisches Wasser, so, als sei es niemals anders gewesen. Jetzt wurde es ihr zu bunt, sie wollte nur noch weg! Hastig packte sie ihren Trolley und warf ihn in ihren Wagen. Unterdessen schäumte das Wasser des Sees wieder auf und erhob sich bedrohlich hoch in die Luft. Immer näher kam es und es rauschte dabei ganz fürchterlich. Carmen startete den Wagen, doch es war wie verhext, der Motor sprang einfach nicht an. Immer wieder versuchte sie es und endlich, als das schäumende Wasser wie eine drohende Wand hinter ihr angekommen war, heulte der Motor laut auf. Panisch gab sie dem Wagen die Sporen und schaffte es gerade noch rechtzeitig, der riesigen Wasserwand zu entfliehen. Die Hütte allerdings war nicht mehr zu retten, sie knickte zusammen als sei sie aus Streichhölzern errichtet. Das gesamte Areal verwüstete die Monsterwelle und Carmen schaffte es gerade so bis zur Straße. Dort war nichts mehr von der Wasserwand zu sehen und es wurde wieder still. Lange fuhr die junge Frau, bis sie schließlich ein Motel erreichte. Offenbar waren keine Geäste da, denn es stand lediglich ihr Fahrzeug auf dem naturbelassenen Parkplatz. Am ganzen Leibe zitternd lief sie in das Haus und setzte sich in die kleine Gaststube. Sie musste sich erst einmal einen ordentlichen Schnaps genehmigen, damit sie wieder ruhig wurde. Nach dem dritten Schnaps spürte sie, wie die Wärme in ihre Glieder und schließlich auch in ihren Leib zurückkehrte. Die neugierige Wirtin setzte sich zu ihr und erkundigte sich, wie es ihr ging. Carmens Zunge war durch die Schnäpse ein wenig gelockert und so erzählte sie von dem sonderbaren furchterregenden See. Interessiert hörte sich die Wirtin alles an und wurde doch sehr nachdenklich dabei. Dann kratzte sie sich auf der Stirn und meinte mit recht düsterer Stimme: „Ja ich weiß, das hat schon einmal ein Urlauber berichtet, die dort Ferien machen wollte. Allerdings habe ich ihn später nie mehr gesehen. Dafür machte eine alte Geschichte die Runde. Es hieß, dass vor hundert Jahren eine junge Frau dort gelebt haben sollte. Sie konnte keine Kinder bekommen und betete jeden Abend am Ufer des Sees, doch endlich schwanger zu werden. Eines Tages badete sie in dem ruhigen Wasser des Sees und einen Tag später gebar der See ein Baby, es war ein kleiner Junge. Und man munkelt, dass der See gar kein See sei, sondern eine Gebärmutter, die in ihrer Flüssigkeit neues Leben entstehen lässt, und unter keinen Umständen und von niemandem gestört werden will." Carmen konnte es nicht glauben, sollte das wirklich alles der Wahrheit entsprechen? Als sie in das Gesicht der Wirtin schaute, ahnte sie jedoch, wie sie das verstehen musste. Denn die Wirtin schaute gar nicht mehr so freundlich wie eben noch, sondern ziemlich ernst. Und ihre plötzlich feuerrot aufblitzenden Augen untermalten gespenstisch ein monotones Rumoren und Grollen, das Carmen schon einmal irgendwo gehört zu haben glaubte.

Der Krug

Seit kurzer Zeit lebte Tim auf dem Lande. Er hatte ein kleines Häuschen von seinen Großeltern geerbt und fühlte sich dort pudelwohl. Leider gab es nur einen Nachteil, den er im Moment jedoch leider nicht abstellen konnte. Um frisches Wasser zu bekommen, musste er zu einer nahen Quelle laufen. Dort sprudelte frisches kaltes Wasser. Beinahe täglich ging Tim dorthin und war glücklich, dass es diese Quelle gab. Im Keller des alten Häuschens entdeckte er einen großen steinernen Krug. Er fand, dass sich dieses Gefäß hervorragend eignete, um das Wasser von der Quelle ins Haus zu transportieren. Die Eimer, die er besaß, waren zu klein und er musste zu oft gehen. Mittlerweile war es Sommer geworden und die Hitze drückte gnadenlos vom Himmel herab. Jeden Tag musste er mehrmals mit dem großen Krug zu der kleinen Quelle laufen, um Wasser zu holen. Auch an einem brütend heißen Sonntag war das wieder so. Das Wasser, welches Tim am Vorabend geholt hatte, ging schnell zu Ende. Schon am Morgen musste er wieder zur Quelle. Er füllte den großen Krug und tapste über die große Wiese zurück zu seinem Haus. Es war wirklich unerträglich heiß und Tim schwitzte, wie lange nicht mehr. Doch es half nichts, der Krug musste zum Haus gebracht werden. Plötzlich jedoch schwankte der Krug und entwickelte eine Art Eigenleben. Er ruckelte und zuckte, vibrierte und sprang in seinen Händen hin und her. Tim versuchte, ihn festzuhalten. Doch es gelang ihm nicht, er entglitt ihm schließlich und fiel ins Gras. Sämtliches Wasser floss aus ihm heraus und Tim musste wohl oder übel noch einmal loslaufen, um den Krug zu befüllen. Bis unter den Rand ließ er das klare Wasser hinein plätschern. Dann nahm er den Krug fest in beide Hände und schleppte ihn über die Wiese. Mittlerweile war er derart ins Schwitzen gekommen, dass es ihm schon übel wurde. Er hatte Angst, einen Sonnenstich zu bekommen. Doch der Krug musste heim! Aber es geschah genauso, wie eben. Mitten auf der Wiese begann der Krug in seinen Händen zu vibrieren und riss sich regelrecht von ihm los. Tim hatte den Eindruck, der Krug wollte nicht bei ihm bleiben. Irgendeine Kraft riss ihn Tim aus den Händen. Erneut fiel er auf die Wiese und alles Wasser ergoss sich über die Pflanzen und versiegte schließlich schnell in der ausgetrockneten Erde. Tim konnte sein Pech nicht verstehen, hielt er doch den Krug so wie immer in den Händen, fest und sicher. Das eigenartige Vibrieren und Rucken konnte er sich einfach nicht erklären. Vielleicht lag das ja an der starken Hitze, dass er plötzlich schwach wurde und den Krug losließ? Da er jedoch dringend das Wasser brauchte, musste er noch einmal zu der Quelle gehen. Wieder ließ er den Krug mit Wasser volllaufen. Und wieder trug er ihn über die Wiese. Und wieder vibrierte es unerträglich in seinen Händen und Tim konnte den Krug nicht mehr halten. Der Krug fiel auf die Wiese und prallte dabei auf einen harten Stein. Laut scheppernd zerbrach er und Tim starrte auf die zahllosen Scherben im Gras. Womit sollte er nun Wasser holen? Vielleicht mit all seinen Eimern, er musste sie schnellstens holen. Als er so nachdachte, sah er eine kleine Maus durchs Gras hüpfen. Sie labte sich an einem Rest Wasser, welches sich in einer Scherbe des zerborstenen Kruges befand. Tim beobachtete das kleine Mäuschen und blieb ganz ruhig stehen, um es nicht zu erschrecken. Doch plötzlich torkelte die Maus und fiel leblos um. Tim erschrak sich fürchterlich. Was war mit der kleinen Maus nur geschehen? Sie hatte doch nur. Ein furchtbarer Gedanke schoss ihm durch den Kopf: Sollte das Wasser etwa? Er entschloss sich, ins Dorf zu fahren, um dort seine Beobachtung zu schildern. Die tote Maus wickelte er vorsichtig in ein Taschentuch und nahm sie mit. Es stellte sich heraus, dass das Quellwasser vergiftet war. Ein nicht weit entfernter Chemiebetrieb hatte eine Havarie. Größere Mengen giftiger Chemikalien sind dabei in den Erdboden gelangt und bis zur Wasserader der Quelle gesickert. Die Quelle wurde sofort gesperrt und gesichert. Glücklicherweise kam niemand zu schaden. Doch wäre Tim der Krug nicht aus den Händen gefallen, nicht auszudenken, wenn er von dem vergifteten Wasser getrunken hätte. Schon nach wenigen Tagen erhielt er seinen Wasseranschluss. Bis dahin trank er Mineralwasser aus dem Supermarkt. Als er eines Tages in den Keller ging, um einen

Wasserschlauch an einen seiner neuen Wasser-
hähne anzuschließen, wunderte er sich sehr. In
der Ecke stand sein alter Krug. Und er war nicht
zerbrochen und hatte auch keine Risse!

Tornado

Gerade erst war Ken in der Hierarchie seiner Firma aufgestiegen. Er hatte sich innerhalb von drei Jahren mühsamer Speichelleckerei bis zum Abteilungsleiter empor gedient. Dennoch blieb das große Geld aus. Die Luxusjachten der über ihm agierenden Chefs und die Traumvillen der Direktoren reizten ihn derart, dass er eines Nachts einen teuflischen Plan schmiedete. In drei Wochen wollte er mit Jane, seiner Ehefrau in den Winterurlaub fahren. Er wusste, dass Jane eine hohe Lebensversicherung abgeschlossen hatte. Es war eine Lebensversicherung in Höhe von 1,2 Millionen Dollar. Ken hatte es auf diese Versicherungssumme abgesehen. Wenn er das Geld hätte, könnte er endlich so leben, wie er sich das immer vorstellte. Das Hotel, in welchem sie während des Urlaubes leben würden, befand sich auf der Spitze eines Berges. Wenn sie mit der Seilbahn in ihr Hotel fuhren, dann würde er Jane aus der Gondel stoßen. Er musste nur zusehen, dass keiner etwas bemerkte. Alles sollte wie ein Unfall aussehen. Zufrieden und in Erwartung des baldigen Reichtums schlief er ein. Am Tage der Abreise in den Urlaub tat Ken alles so, wie es Jane wollte. Er wollte ihr zeigen, was für ein liebevoller Ehemann er doch war. Jane musste glauben, dass er sie über alles liebte. Von seinen teuflischen Plänen hatte sie keine Ahnung. Als sie im Gebirge ankamen, setzte sie ein Motorschlitten vor der Seilbahn ab. Ken glaubte sich bereits siegessicher und sah in Gedanken schon die Dollarnoten um seinen Kopf wehen. Die beiden stiegen in die Gondel und ganz langsam setzte die sich in Bewegung. Stück für Stück näherte sich die Bahn ihrem Ziel auf der Spitze des Berges. Die beiden waren ganz allein in der kleinen Gondel. An einer Steinwand schien für Ken der richtige Moment. Er stand hinter Jane und wollte sie mit seinen Händen, die mit Handschuhen bekleidet waren, erwürgen. Alles lief nach Plan. Doch plötzlich gab es einen ohrenbetäubenden Knall und die Gondel blieb stehen. Die beiden schrien laut, denn die Gondel schwankte heftig hin und her. Würde das Seil halten? Die beiden fielen der Länge nach auf den Boden der Gondel. Von dort konnte Ken sehen, was sich ereignet hatte. Ein Zugseil war vermutlich gerissen und konnte die Gondel nicht mehr weiter nach oben ziehen. Ken fluchte still vor sich hin. Beinahe hätte sein Plan funktioniert. Aber nun? Dicker Nebel zog auf und hüllte die Gondel vollständig ein. Jane und Ken hatten es sich auf dem Boden etwas bequem gemacht und warteten auf eine Rettungsmannschaft. Doch endlose Minuten vergingen, Stunden, in denen nichts passierte. Es wurde immer kälter und schließlich wurde es dunkel. Jane hatte einige Wurstschnitten mitgenommen. Die packte sie jetzt aus und holte aus einem Rucksack noch eine Thermoskanne mit heißem Tee. Ken allerdings dachte nur an eines: Wie und vor allem wann konnte er seinen furchtbaren Plan in die Tat umsetzen. Plötzlich zog ein Sturm auf und versetzte die Gondel in gefährliche Schwingungen. Ken wurde übel und musste sich übergeben. Zwar war es schon sehr dunkel doch noch nicht dunkel genug. Jane entdeckte am Hang einen riesigen Wirbel, der sich rasch näherte, ein Tornado! Aber auch Ken schaltete schnell. Jetzt schien sein großer Augenblick gekommen! Jetzt musste er handeln! Er wollte auf Jane zuspringen, um sie doch noch aus der Gondel zu stoßen! Jeder würde ihm die Variante eines Unfalles abkaufen. Die Gelegenheit war so günstig wie nie. Doch er kam nicht mehr dazu, der Tornado war schneller. Er hüllte die Gondel ein und drang durch die Tür. Dann ergriff er Ken und fegte ihn aus der Bahn. Jane verlor das Bewusstsein. Als Ken verschwunden war, beruhigte sich alles wieder. Der Tornado verzog sich und Jane lag bewusstlos auf dem Boden der Gondel. Als sie wieder zu sich kam, war es Tag geworden. Offensichtlich hatte sie nach ihrer Ohnmacht geschlafen. Über sich vernahm sie laute Stimmen, die wohl nach ihr riefen: „Hallo da unten! Geht es Ihnen gut? Wir holen Sie jetzt da raus!" Jane schaute nach oben. Durch das gläserne Dach sah sie zwei Männer in rot-weißen Kombinationen. Sie hingen über der Gondel an einem Hubschrauberseil. Einer der Männer zerschlug die Glasscheibe der Gondel. Jane konzentrierte sich derart auf das Geschehen um sich herum, dass ihr Kens Abwesenheit gar nicht auffiel. Die beiden Männer hangelten sich durch das Glasfenster zu Jane und legten ihr eine Schlinge um den Leib. Dann meinten sie nur, dass sie sich am Seil festhalten müsste. Sie tat alles so, wie ihr die Männer auftrugen, und nach wenigen Minuten war sie in Sicherheit. Auch die Gondel wurde von einem Hubschrauber ins Tal gehievt. Jane konnte es einfach nicht fassen, ihr geliebter Ehemann Ken, tot. Man fand seine Leiche am Fuße des Berges. Dort hatte ihn der Tornado abgelegt. Doch noch etwas anderes brachte der Sturm ans Licht. Aus seiner Jackentasche war auch seine Brieftasche herausgefallen und der Inhalt lag überall auf der Wiese verteilt. Darunter befand sich auch die Police einer Lebensversicherung in Höhe von einer Million Dollar. Die wollte sich Ken in Kürze selbst und ohne dass es Jane je erfuhr auszahlen lassen. In einem Passus jedoch, der in der Versicherung verankert war, stand: „Die Ehefrau erbt nur, wenn der unannehmbare Fall eintritt, dass der Versicherungsnehmer durch einen Tornado zu Tode kommt. In diesem Fall erhält die Ehefrau die doppelte Summe."

Rons Engel

Was für ein wunderschönes Leben. Die junge Familie schien tatsächlich nur noch Glück zu haben. Erst der Super-Job des Vaters Ron und dann auch noch der Lottogewinn seiner Frau Lisa. Besser konnte es nicht sein. Zusammen mit ihrem kleinen Sohn Tim glaubten sie, dass es ewig so bliebe. So kauften sie sich ein neues, schickes Haus in sehr guter Lage und legten sich zwei teure Autos zu Alle Nachbarn im Dorf beneideten sie um dieses Glück. Doch eines Tages schien sich das Blatt zu wenden. Zuerst verlor Ron seinen bis dahin sicher geglaubten Job. Zwar hoffte er, mit seinen gerade mal 43 Jahren sofort eine neue Arbeit zu bekommen. Aber das schien ein Irrglaube, denn keine Firma stellte ihn ein. Diese Hiobsbotschaft sprach sie irgendwann bis zur Hausbank der Eheleute herum. Da das schöne Haus rundum mit Krediten finanziert wurde, forderten die Banken plötzlich und unerwartet sämtliche Kredite zurück. Dabei ging der restliche Lottogewinn von Lisa drauf und es blieben haushohe Schulden. In kürzester Zeit verloren sie alles. Die Autos konnten nicht mehr gehalten werden, das Haus war weg und Rons Super-Job blieb nur noch eine nette Erinnerung an ferne Zeiten. Die Familie lebte fortan in einem lauten herunter gekommenen Wohnsilo am Rande der großen Stadt. Alkohol und Hoffnungslosigkeit schlichen sich in den Alltag ein. Und eines Tages erfuhr

Lisa, dass sie schwer krank sei. Es war Krebs und sie starb sehr schnell an dieser heimtückischen Krankheit. Ron stand plötzlich ganz allein mit dem Sohn da. Wie sollte es nur weitergehen? War das Leben nun endgültig vorbei? Er wusste nicht mehr, wie er noch durchhalten sollte, denn langsam gingen ihm die Durchhalteparolen aus. Er musste mit Tim zum Sozialamt und um jeden Groschen betteln. Und er wusste, dass es so nicht mehr weiter gehen konnte. In einer regnerischen Nacht hatte er genug von diesem furchtbaren Leben. Mit Tränen in den Augen schaute er sich noch einmal um. Er nahm das Bild von Lisa an sich und hob Tim aus seinem Bettchen. Dann verließ er das Haus und fuhr mit dem alten klapprigen Auto stundenlang übers Land. Irgendwo an einem Bahndamm hielt er schließlich den Wagen an. Er nahm Tim und lief zu den Gleisen. Von aller Welt verlassen und mit den Nerven am Ende setzte er sich schließlich mit seinem Sohn auf die Gleise und wartete auf einen Zug. Er dachte nicht mehr nach, ob es vielleicht doch noch einen Weg, eine Chance gäbe. Aber er fühlte die Fragen in seiner Seele, sie wogen tonnenschwer und erdrückten ihn beinahe. Warum nur all diese Strafen? Warum durfte er nicht glücklich sein? Warum, warum. Nein, das Leben war kein Leben mehr. Vielleicht würde es ja im nächsten Leben besser, oder dort oben, im Himmel? Aus der Ferne vernahm er bereits das Klappern eines herannahenden Zuges. Gleich würde alles zu Ende sein. Tim war wieder eingeschlafen. Ron strich ihm übers Haar und gab ihm ein Küsschen auf die Wange. Sollte das schon der allerletzte Abschied sein? Er sah bereits die Lichter der Lokomotive hinter einer Biegung hervorblitzen, da schaltete plötzlich das Signal, welches etwas weiter vor ihnen stand, auf Rot. Das konnte doch gar nicht sein. Ron begriff nun gar nichts mehr. Die Bremsen des Zuges kreischten und der Zug blieb kurz vor dem Signal stehen. Durch den immer stärker werdenden Regen konnte Ron kaum noch etwas erkennen. Wie kleine Bäche lief ihm und seinem Sohn das Wasser übers Gesicht. Er stand auf und lief dem Zug entgegen. Doch das Signal schaltete einfach nicht mehr um. So etwas konnte es nicht geben. Hatte er nicht einmal hier Erfolg? Plötzlich sah er eine Person vor sich auf den Gleisen stehen. Langsam ging er auf sie zu und erschrak fürchterlich. Vor ihm stand Lisa, seine Frau. Doch was war das, obwohl es regnete, war sie nicht nass. Sie stand vor ihm und schaute ihn besorgt an. Ron starrte auf die Erscheinung und konnte sich plötzlich nicht mehr rühren. Wie versteinert stand vor der Erscheinung seiner Frau. Lisa begann zu sprechen: „Was Du vorhast, darfst Du nicht ausführen. Das würde ich Dir niemals verzeihen. Denk doch mal an Tim. Was soll denn werden, wenn Du ihn und Dich eiskalt umbringst? Dafür habe ich unseren Sohn nicht bekommen. Ich habe ihn so geliebt. Und Dich ebenfalls. Tu es nicht Ron. Um unsertwillen. Ich bin immer bei Dir und ich bin immer bei Tim. Gebe ihm eine Chance auf sein

Leben. Und gebe uns eine Chance für die Liebe. Ich bin immer bei Euch, das darfst Du niemals vergessen. Ihr seid nicht allein, keine Sekunde!" Bei diesen letzten Worten löste sich die Erscheinung in Luft auf. Ron stand vollkommen durchweicht im strömenden Regen und hielt wortlos seinen Sohn in den Armen. War das wirklich Lisa? Er ging ein paar Schritte nach vorn, da lag etwas, er hob es auf, es war eine Geldbörse. Es war Lisas Geldbörse. Wie kam die nur hierher? Er nahm sie an sich und verließ schnellen Schrittes die Bahngleise. Augenblicklich schaltete das Signal auf Grün und der Zug setzte sich rumpelnd in Bewegung. Klappernd fuhr er an den beiden vorbei. Ron schaute ihm lange nach, bis die roten Rücklichter im Regen verschwanden. Sollte Lisa wirklich dort gestanden haben? Auf einmal spürte er eine seltsame Wärme im Herzen und er wusste, dass sie es war. Plötzlich wurde ihm klar, dass sie immer bei ihnen blieb, in ihrem Herzen und in ihren Seelen. Und er spürte wieder Kraft in seinen Armen. Nein, er durfte nicht aufgeben! Nicht jetzt! Tim war doch noch so klein und er musste leben! Er hatte doch noch alle Chancen dieser Welt und Ron wusste, dass er für ihn da sein musste. Ja, er lebte nur für ihn! Allein das war es wert, weiter zu leben! Er setzte sich ins Auto und wischte Tim vorsichtig das Regenwasser vom Gesicht. Dann hüllte er ihn in eine Decke und legte ihn auf die Rückbank des Fahrzeuges. Langsam fuhr er nach Hause zurück. Als er mit Tim im Bett lag, fiel ihm Lisas

Geldbörse ein. Wie kam die nur auf die Gleise? Er stand noch einmal auf, schaute, ob Tim noch schlief und holte die Börse. Als er hineinschaute, entdeckte er ein zusammengefaltetes Stück Papier. Er breitete es aus und glaubte, der Schlag würde ihn treffen. Es handelte sich um eine Versicherungspolice, die Lisa noch während ihrer Krankheit heimlich abgeschlossen hatte. Bei ihrem Tode würde Ron 250.000 Euro erben. Der konnte sein Glück kaum fassen. Lisa war als Geist noch einmal zu ihm zurückgekommen, um ihm das zu geben. Nicht auszudenken, wenn er … er konnte den Gedanken nicht zu Ende denken. Die Versicherung zahlte ihm die volle Summe aus. Er zog mit Tim in eine schöne Wohnung und arbeitete in einem Verein für Krebskranke mit. Zwar verdiente er dort nicht sehr viel Geld. Aber es reichte für ein anständiges Leben. Was Ron nie erfuhr, an der Signalanlage der Bahn war eine Kamera angebracht. Als man sie abnahm, um den Film zu wechseln, wunderte man sich sehr. In der Nacht, in welcher Ron auf den Gleisen saß, hatte die Kamera eine weiße Gestalt, die über den Gleisen schwebte, aufgezeichnet. Sie leuchtete minutenlang hell auf und hatte weiße Flügel.

Schwester Annemarie

Seit drei Wochen lag ich bereits im Krankenhaus. Ich hatte einen Nervenzusammenbruch und musste stationär behandelt werden. Ärzte und Therapeuten gaben sich alle Mühe, um mich wiederherzustellen. Dennoch offerierten sie mir, dass es wohl noch eine Weile dauern könnte mit meiner Genesung. Und ich spürte selbst, wie schwach ich noch war. Ich konnte kaum einen Schritt gehen, mir fehlte einfach die Kraft. Seltsamerweise hatte ich ständig das Gefühl, dass mir die Ärzte irgendetwas verheimlichten. Oder hatten sie vielleicht sogar etwas übersehen? Jedenfalls spürte ich, dass ich jeden Tag schwächer wurde. Als es mir eines Abends so richtig dreckig ging, und ich kaum noch aus dem Bett herauskam, stand sie plötzlich vor mir, diese Krankenschwester, die ich noch nie auf der Station gesehen hatte. Ihr liebevolles Gesicht strahlte so viel Wärme aus, dass ich sofort Vertrauen zu ihr hatte. Sie sprach oft mit mir und da ich in einem Einzelzimmer lag, fiel es mir auch nicht schwer, über meine Gefühle zu reden. Geduldig hörte sie sich alles an, was ich ihr erzählte. Woher sie diese endlose Geduld und diese Bereitschaft nahm, konnte ich mir nicht erklären. Bei jedem ihrer Besuche fühlte ich, dass sie irgendetwas Unerklärliches umgab. Etwas Merkwürdiges ging von ihr aus, doch es war etwas Schönes, etwas Gutes. Oft nahm sie meine Hand und drückte sie fest an ihr Herz. Dann meinte sie, ich sollte ganz fest an mich glauben. Doch eines Tages riet sie mir, ich sollte die Ärzte drängen, mich noch einmal genauer zu untersuchen. Besonders den Kopf sollte ich untersuchen lassen. Auf meine Anfrage, warum ich das tun sollte, verließ sie wortlos mein Zimmer. Ich verstand zwar nicht, was sie damit meinte, sagte aber bei der nächsten Visite dem behandelnden Arzt, dass er vielleicht doch noch eine Untersuchung durchführen sollte. Ich klagte über Schmerzen im Kopf, die ich eigentlich gar nicht hatte. Und so wurde eine Computertomographie angeordnet. Das Ergebnis lag rasch vor und der Arzt zeigte nicht sehr erfreut. Er sprach von einem kleinen Tumor, den man bei voran gegangenen Untersuchungen ausgeschlossen hatte. Man müsste allerdings noch weitere Untersuchungen durchführen, weil man noch nicht wüsste, ob dieser Tumor gutartig ist oder nicht. Und so fiel ich in ein noch tieferes Loch. Wie erleichtert war ich da, als die Schwester wieder zu mir ans Bett kam. Ich fragte sie schließlich nach ihrem Namen. Sie sagte, dass sie Annemarie hieße, Annemarie Schultz. Ich freute mich, dass sie den gleichen Familiennamen trug wie ich. Sie machte mir so viel Mut und gab mir jeden Tag eine unglaubliche Kraft, diese schwierige Zeit durch zu stehen. Immer wenn sie lächelte, dann schien es mir beinahe so, als hätte sie Tränen in den Augen. Ich konnte mir das natürlich nicht erklären. Und als schließlich die Ärzte sagten, dass der Tumor nicht bösartig sei und sich sogar zurückbildete, fiel ich Schwester Annemarie überglücklich um den Hals. Eines Tages ging es mir so gut, dass ich aus dem Krankenhaus entlassen werden konnte. Der Tumor war fast verschwunden und ich strotzte vor Energie. Die Genesung hatte ich zum größten Teil wohl Schwester Annemarie zu verdanken. Sie kam noch einmal ins Zimmer und schien wohl schon zu wissen, dass ich endlich wieder nach Hause durfte. Lange schaute sie mir in die Augen und sagte dann leise: „Ich freu mich so sehr, dass es Dir wieder so gut geht. Du hast wieder Kraft und Mut zum Leben. Bewahre es Dir und denke immer daran, wenn man tief im Herzen weiß, dass man stark ist, dann wird man alles schaffen." Sie stand auf und winkte mir beim Hinausgehen noch einmal zu. Und wieder fielen mir die Tränen auf, die sie in ihrem Gesicht hatte. In diesem Augenblick war mir gar nicht mehr wie Nachhause gehen. Aber mir fielen die Worte ein, die sie zu mir sagte: „Wenn man tief im Herzen weiß, dass man stark ist, dann wird man alles schaffen!" Und plötzlich war es gar nicht mehr so schlimm. Sicher würde sie es nicht gut finden, wenn ich so traurig bin. Ich packte meine Tasche und besorgte in der Cafeteria des Krankenhauses noch eine Schachtel Pralinen. Damit wollte ich mich bei Schwester Annemarie für ihre Freundlichkeit bedanken. Als mich mein behandelnder Arzt verabschiedete, übergab ich ihm die Pralinen und bat ihn, damit Schwester Annemarie einen schönen Gruß auszurichten. Ungläubig schaute mich der Arzt an. Dann fragte er mich, ob ich mich bei dem Namen der Schwester vielleicht geirrt habe. Doch ich hatte mich nicht geirrt, nannte ihm auch noch den Familiennamen, den sie mir damals sagte. Der Arzt schaute plötzlich traurig zum Fenster. „Ja, es gab mal eine Schwester Annemarie", sagte er schließlich, „doch sie starb vor drei Jahren an Krebs. Sie hatte einen Tumor im Kopf, der irreparabel war." Ich konnte es nicht fassen, und bei späteren Recherchen fand ich heraus, dass es sich bei Schwester Annemarie um meine eigene Schwester handelte, die meine Eltern nach ihrer Geburt zur Adoption freigegeben hatten.

Blitzschlag

Berni war Landwirt und musste täglich hinaus, um sich um seine Felder zu kümmern. Es war Erntezeit und das Korn musste eingefahren werden. So war Berni schon sehr früh am Morgen auf den Beinen, um sich um alles zu kümmern. Die Landmaschinen mussten gewartet- und das Vieh gefüttert werden. Erst kürzlich hatte sich Berni einen neuen Traktor geleistet. Es war eine sehr teure Anschaffung, doch sie musste sein. Denn sein alter Traktor hatte den Geist nach jahrzehntelanger Treue nun endgültig aufgegeben. Das neue Arbeitsgerät musste allerdings erst eingefahren werden. Und so fuhr Berni jeden Tag früh zeitig los, um sich an die neue Maschine zu gewöhnen. Auch an jenem regnerischen Morgen war das wieder so. Schon gegen Sechs war er auf den Beinen. Er hatte den neuen Traktor bereits aus seinem Unterstand gefahren und wollte sogleich damit lostuckern. Er konnte schon recht gut mit dem Traktor umgehen. Dennoch musste er noch üben. Er schwang sich ins Fahrerhaus und stellte den Motor ein. Doch irgendetwas erschien ihm anders als sonst. Das Geräusch des Motors hörte sich etwas seltsam an. Da Berni jedoch das Motorengeräusch noch nicht so genau taxieren konnte, nicht wusste, wann es normal war und wann bedenklich, achtete er nicht länger auf diese Geräusche. Er tuckerte los und befand sich schon bald auf dem ausgefahrenen Feldweg seiner

Ländereien. Unterwegs musste er über eine Brücke, die ein kleines Flüsschen überspannte. Während er sich schon überlegte, wie er den Traktor bei seiner Feldarbeit einsetzen könnte, zogen dunkle Wolken auf. Sorgenvoll beobachtete Berni das Geschehen. Denn es würde sicherlich nicht mehr lange dauern, bis ein Unwetter aufzog. Sollte er umkehren? Oder sollte er seine Testfahrt fortführen? Er war sich nicht so recht schlüssig und fuhr einfach weiter. Was sollte ihm schon geschehen, dachte er sich, er saß ja im Trockenen. Doch er konnte nicht ahnen, dass es sich bei diesem Unwetter um ein kräftiges Gewitter handelte. Schnell zog es auf und alsbald fand sich Berni in einem heftigen Hagelschauer wieder. Die Scheiben des Traktors bekamen bedenkliche Sprünge, doch noch immer hielt Berni das Gefährt nicht an. Im Gegenteil, er beschleunigte seine Fahrt auch noch. Er fand es plötzlich aufregend, sich in seinem großen Traktor durch das Unwetter zu bewegen. Er fühlte sich wie ein Fels in der Brandung. Doch war in diesem Falle die Brandung stärker als der Fels? Noch nie hatte er ein Gefährt aufgeben müssen, nur, weil es von einem schweren Unwetter zerstört wurde. Auch diesmal konnte er sich das nicht vorstellen. Er beschleunigte den neuen Traktor bis aufs Äußerste. Der Motor heulte auf und die monströse Landmaschine jagte wie ein Rennpferd zwischen den Feldern hindurch. Die Brücke war nicht mehr sehr weit und Bernis Geschwindigkeitsrausch kannte kein Ende mehr. Da der Motor mittlerweile wunderbar lief und seine Felder in nie gekannter Geschwindigkeit an ihm vorüberflogen, vergaß er, dass er nur langsam über die schmale Brücke fahren durfte. Das Unwetter schien sich zu beruhigen, immerhin hörte der lästige Hagel auf. Nur einige wenige Sprünge klafften an der Frontscheibe des Traktors und Berni empfand seine Schussfahrt als gelungen und erholsam. In Bernis Augen hatte dieser neue Traktor seinen Härtetest schon bestanden. Immer näher kam er an die Brücke und es schien, als ob das Unwetter schon so langsam abzog. Da zuckte plötzlich ein heftiger Blitz vom Himmel, geradewegs auf den Traktor nieder. Mit einem lauten Knall schlug er in den Motorblock ein. Das Gefährt ruckte und zuckte und blieb kurz vor der Brücke stehen. Berni starrte auf die Straße vor ihm und konnte es nicht glauben. Was war da eben geschehen? Sein teurer neuer Traktor, zerstört! Nein, so etwas war ihm bisher noch niemals widerfahren. Er dachte an die Kosten, die ihm entstehen würden, wenn er den Traktor reparieren ließ. Doch es nutzte nichts, er musste aussteigen, um nachzuschauen, wo der Schaden lag. Plötzlich knirschte es auf dem Weg vor ihm. Es krachte und laut polternd stürzte die Brücke in sich zusammen. Platschend fielen die Trümmer ins Wasser des kleinen Flüsschens. Berni, der nicht glauben konnte, was da geschah, traute seinen Augen nicht mehr. Wie konnte das nur sein, erst der Traktor, dann diese Brücke. Was ging hier vor? Wäre er weitergefahren, so wäre er mitsamt der Brücke in den Fluss gestürzt. Und obwohl die Brücke nicht sehr hoch war, reichte es doch, dass er diesen Unfall möglicherweise nicht überlebt hätte. Auch sein Traktor wäre dann verloren gewesen. Irgendwie schien es ihm, dass dieser Blitzschlag in den Motor seines Traktors wohl doch noch das sprichwörtliche Glück im Unglück gewesen war. Er zog sein Handy aus der Hosentasche und rief Hilfe. Später stellte sich heraus, dass die Brücke durch einen früheren Erdrutsch bereits schwer beschädigt worden war. Das nächstbeste Fahrzeug, welches sie überquert hätte, wäre mitsamt der Brücke in den Fluss gestürzt. Und der nächste war in diesem Falle Berni selbst.

Er hatte großes Glück, und als man den Traktor in einer Werkstatt untersuchte, um ihn wieder zu reparieren, brauchte man das nicht mehr zu tun. Denn er funktionierte einwandfrei!

Flugunterricht

Ich hatte meine ersten Flugstunden absolviert und freute mich darauf, irgendwann ein Segelflugzeug fliegen zu können und natürlich auch zu dürfen. Doch bis es soweit war, würde wohl noch viel Zeit vergehen. Allerdings faszinierte mich auch, wie viele Leute am Start eines solchen Flugzeuges beteiligt waren. Es war eben ein richtiger Mannschaftssport und ich lernte viele interessante Menschen kennen. Ich fühlte mich großartig und vielleicht schaffte ich es ja bis zu einem Luftfahrerschein. Jedenfalls fand ich mich schon am nächsten Tag zur nächsten Flugstunde ein. Mein Fluglehrer stand schon am Flugzeug und wir stiegen ein. Der Start war wunderbar, alles verlief nach Plan. Ein seltsames Gefühl kroch durch meinen Magen, denn von hier oben sah in der Tat alles anders aus als unten. Die Sorgen und die Probleme schrumpften zu einem kleinen unscheinbaren Zwerg zusammen. Der Fluglehrer saß hinter mir und gab Anweisungen. Es sah so aus, als ob ich selbst das Flugzeug steuerte.   Plötzlich hörte ich ein leises Stöhnen hinter mir. Ich drehte mich um und erschrak, der Fahrlehrer rang nach Luft und wurde ohnmächtig. Was war mit ihm los? Eine Herzattacke? Ein Kreislaufzusammenbruch? Ich versuchte, mit dem Funkgerät den Tower zu informieren. Doch auch das funktionierte nicht. Das Segelflugzeug schwankte bedenklich und ich hatte große Angst abzustürzen. Wie sollte ich nur all die vielen Hebel richtig bedienen. In meiner Panik drehte sich alles, der Himmel war unten und der Erdboden oben. Mir wurde schlecht. In diesen Minuten glaubte ich, gar nichts zu können. Mein Leben schien hoffnungslos den Mächten der Natur ausgeliefert. Doch das dufte nicht sein und ich musste irgendetwas tun! Nur was? Plötzlich vernahm ich eine Stimme. Zunächst glaubte ich, dem Fluglehrer ginge es wieder besser. Doch als ich mich umdrehte, lag der noch immer mit dem Kopf auf der Seite in seinem Sitz und rührte sich nicht. Ich drückte auf dem Funkgerät herum, doch auch da blieb alles stumm. Die Stimme meldete sich erneut: „Bleib ruhig Bub. Ganz ruhig. Mit Aufregung wirst Du es nicht schaffen. Atme tief durch und erinnere Dich an das, was Du gelernt hast. Du kannst das Segelflugzeug runterbringen. Versuche es einfach. Ich bin ja da. Alles klaro Bub!" Diese raue und kratzige Stimme irritierte mich derart, dass ich das Gefühl hatte, mein Kopf sei leer. Aber plötzlich schienen die Worte des Fremden auf mich zu wirken. Seine beruhigende Stimme, seine seltsame ausgeglichene Art beeindruckten mich. Langsam wurde ich ruhiger. Und nachdem der Fremde sagte: „Jetzt konzentrier Dich auf die Instrumente vor Dir. Alles klaro Bub", kontrollierte ich die Anzeigen und tat alles, wie mir der Fremde auftrug. Zwar wackelte es ein wenig und ab und zu glaubte ich, alles wäre umsonst. Doch der Fremde ließ es gar nicht erst zu, dass ich ängstlich wurde. Er gab klare und verständliche

Anweisungen. Ich hatte großes Vertrauen zu ihm. Eigentlich bekam ich es kaum mit, doch irgendwann hatte ich es geschafft. Ich war gelandet, und das auch noch aus eigener Kraft. Ich konnte es nicht glauben, aber ich war soeben aus mir selbst herausgewachsen. Wie einfach doch plötzlich alles schien. Kurz nachdem das Flugzeug zum Stehen gekommen war, stürmten Notärzte über die Wiese auf das Flugzeug zu. Sie kümmerten sich um den bewusstlosen Fluglehrer und versorgten ihn noch vor Ort. Er kam wieder zu sich und wusste gar nicht, wie das Flugzeug landen konnte. Als er erfuhr, wer das Flugzeug landete, war er stolz, dass sein Flugschüler solch eine faszinierende Leistung gezeigt hatte. Später wollte ich mich bei den Mitarbeitern des Flugplatzes bedanken. Die jedoch wunderten sich darüber. Dann meinte einer der Mitarbeiter, dass sie schon sehr besorgt waren, weil der Funkkontakt plötzlich ausgefallen war. Als ich allerdings erzählte, dass der Fremde sehr ruhig mit mir sprach, allerdings andauernd: „Alles klaro, Bub" sagte und eine raue, kratzige Stimme hatte, wurden die Leute sehr nachdenklich und still. Dann meinte der Mitarbeiter, dass sie mal einen Piloten hatten, der genau das sagte. Er liebte das Fliegen so sehr, dass er sogar ausgezeichnet wurde für seine Flugleistungen. Natürlich wollte ich diesen Herrn sehr gern kennenlernen. Denn vermutlich war er es, der mir geholfen hatte, das Flugzeug sicher zu landen. Doch der Mitarbeiter sah mich traurig an und meinte schließlich, dass der Pilot vor zwei Jahren bei einem Absturz ums Leben kam.

Karussell

Seit einiger Zeit plagten mich schlimme Alpträume. Immerzu sah ich ein Karussell, dann die Zahl „Sieben" und drei Grabsteine. Ich konnte mir das alles nicht erklären, wollte diesen Traum nicht. Doch jede Nacht kehrte er zurück. Schweißgebadet erwachte ich dann und wusste mir einfach keinen Rat mehr. Von meinem Arzt erhielt ich ein Einschlafpräparat. Und damit schien es auch ganz gut zu funktionieren. Ich schlief endlich wieder ruhig und fühlte mich nach wenigen Tagen wieder fit. Der Job hingegen bereitete mir zunehmend Kopfschmerzen. Müller, mein Chef verlangte, immer mehr in immer kürzerer Zeit zu erledigen. Und ich wusste schon gar nicht mehr, wie ich es anstellen sollte, die viele Arbeit fristgerecht zu erledigen. Müller hatte mir gedroht, sollte ich den Termin nicht einhalten, würde er mich feuern. Deswegen ackerte ich bis in die Abendstunden und nahm mir einen Teil der Arbeit mit nach Hause. Irgendwann jedoch ging es nicht mehr, ich musste dringend ausspannen. Genervt legte ich die Aktenordner beiseite und zog mir meine Jacke über. Ohne mich noch einmal umzuschauen verließ ich meine Wohnung und lief durch die Stadt. Auf einem großen Platz, der sonst als Wochenmarkt diente, standen etliche Karussells und viele bunte Buden. Ich freute mich sehr, wusste ich doch endlich, auf welche Weise ich mich ablenken konnte. Ich fuhr mit dem Riesenrad und aß Zuckerwatte. Am Rande des Jahrmarktes war eine Berg- und Talbahn aufgebaut. Viele Kinder und Erwachsene standen um das Karussell herum und winkten ihren Angehörigen zu, die in den Gondeln saßen. Ich kaufte mir eine Karte und setzte mich in eine der Gondeln. Plötzlich fiel mir mein Traum ein: das Karussell, die Zahl „Sieben" und die drei Grabsteine. Da das Karussell noch nicht losfuhr, stieg ich wieder aus. Der Kassierer kam und fragte mich, ob ich mitfahren wollte oder nicht. Ich sagte ihm, dass er niemanden in die Gondel Nummer „Sieben" setzen lassen sollte. Aber der junge Mann winkte nur lachend ab und meinte sarkastisch, dass die ganze Zeit nichts passiert ist. Und ich sah ein, dass vielleicht alles nur Spinnerei war, was ich im Traum gesehen hatte. Dennoch mied ich die Gondel Nummer „Sieben" und stieg in die „Zehn". Langsam setzte sich das Karussell in Bewegung und gewann schnell an Geschwindigkeit. Die Wagen rasten über die Berge in die Täler hinein und mir wurde bereits schwindelig. Da krachte es plötzlich und eine Gondel wurde aus dem Karussell geschleudert- sofort wurde das Karussell angehalten. Glücklicherweise saß keiner in der Gondel. Doch als ich ausstieg und sah, was geschehen war, las ich die Nummer an der total zerstörten Gondel. Darauf stand die „Sieben" und der Kassierer meinte nur, dass er aufgrund meiner Hinweise die Gondel vorsichtshalber frei ließ. Es stellte sich heraus, dass sich die Befestigung der Gondel gelöst hatte und sich die Gondel daraufhin aus der Verankerung löste. Glücklich, dass nichts passiert war, kaufte ich mir noch ein großes Glas Bier und lief dann schließlich nach Hause zurück. Am nächsten Tag wollte ich sofort zu meinem Chef, weil ich die Arbeit doch nicht ganz geschafft hatte. Ich wollte ihn bitten, mir noch einen Tag zu geben, dann hätte ich alles fertig. Doch zu meiner großen Verwunderung erschien der Chef an diesem Morgen nicht. Obwohl er ein überpünktlicher Pedant war, schien er es an diesem Morgen wohl verschlafen zu haben. Am Vormittag erschien ein Polizeibeamter und teilte uns allen mit, dass Müller tödlich verunglückt sei. Wir bekamen einen fürchterlichen Schreck und konnten nicht mehr weiterarbeiten. Ich erkundigte mich, was geschehen sei. Der Beamte meinte, dass Müller gestern Abend noch auf dem Rummelplatz war. Er sei mit dem Riesenrad gefahren und plötzlich musste er einen Herzinfarkt erlitten haben. Als seine Gondel ganz oben war, hielt das Riesenrad an. Da er allein in der Gondel saß, konnte ihn keiner aufhalten, als er umkippte. Er fiel aus der Gondel und stürzte in die Tiefe. Noch im Notarztwagen starb er an seinen schlimmen Verletzungen. Später las ich es auch in einer Regionalzeitung. Doch als ich Müllers Fundort sah, stutzte ich, sofort fielen mir die drei Grabsteine ein, von welchen ich geträumt hatte. Müller war auf drei Kanaldeckel unter dem Riesenrad gestürzt, auf welchen die Ziffer „Drei" in roter Farbe aufgezeichnet war.

Die Tarnkappe

Es war ein kalter, schneereicher Winter. Kevin lebte in einem kleinen einsamen Haus in Kanada und der Schnee lag so hoch wie noch nie. Bei solch heftigen Wintereinbrüchen war die Verbindung zur Außenwelt oft tagelang unterbrochen. Dennoch wollte Kevin nicht in die Stadt ziehen. Zu wohl fühlte er sich dort draußen in dieser verträumten Einsamkeit. Als Holzfäller verdiente er zwar recht gut, aber große Reichtümer besaß er nicht. So blieb es ein bescheidenes und einfaches Leben in dem kleinen Holzhaus. Eines Nachts, Kevin lag bereits im Bett, hörte er seltsame Geräusche. Es knackte und raschelte, als sei ein Waschbär im Haus. Kevin, der ohnehin nur einen sehr leichten Schlaf hatte, stand auf und wollte nachsehen. Doch es war kein Waschbär, der sich an seiner Einrichtung austobte, es war ein Einbrecher. Als er Kevin sah, sprang er auf ihn zu und versetzte ihm einen heftigen Schlag. Kevin fiel bewusstlos zu Boden und rührte sich nicht mehr. Der Einbrecher nahm ihm die Uhr ab und griff nach seiner Geldbörse. Dann holte er sich noch Kevins Laptop, der auf dem Tisch stand und verstaute alles in einem großen Rucksack. Schließlich verschwand er, ohne Kevin, der noch auf dem Boden lag, zu helfen. Als Kevin wieder zu sich kam, fegte der Schneesturm durch die offene Tür und hatte bereits eine kleine Schneewehe im Zimmer angehäuft. Kevin stand auf und torkelte zur Tür.

Er hatte rasende Kopfschmerzen und hielt sich die Hand an den schmerzenden Kopf. Mit dem Fuß stieß er die Tür zu und bemerkte, dass er Blut an seiner Hand hatte. Offenbar war die Verletzung, die ihm der Einbrecher zugefügt hatte, doch etwas schwerer. Aber, sollte er einen Arzt rufen? Er wusste, dass es dauern könnte, bis der Arzt bei ihm einträfe. Vielleicht konnte er sich ja selbst helfen. Plötzlich klopfte jemand laut gegen die Tür. Kevin tapste leise zur Tür und verriegelte sie schnell. Dann rief er laut: „Wer ist da!" Eine dünne Stimme meldete sich: „Ich bin ein Wanderer und habe mich im Schneesturm verirrt. Kannst Du mir helfen?" Kevin wusste nicht, was er tun sollte. Immerhin war er ja gerade überfallen worden. Was, wenn erneut ein Räuber vor der Tür stände? „Scher Dich zum Teufel", rief er laut, „hier kommt keiner mehr rein!" Damit schien für ihn die Sache erledigt. Doch es klopfte wieder an die Tür und erneut sprach die dünne Stimme: „Ich bin kein Einbrecher und brauche bloß eine Unterkunft, so lange der Sturm wütet. Keine Angst." Da Kevin ein gutes Herz hatte, ließ er sich erweichen und öffnete die Tür einen winzigen Spalt. Draußen, mitten im Schnee, stand ein alter Mann in einem dicken Pelz, der sich an einem langen Stock festhielt. Der Alte hatte ein gutmütiges Gesicht, doch der Schneesturm setzte ihm ordentlich zu, sodass er sich kaum noch auf den Beinen halten konnte. Nach einigem Zögern bat ihn Kevin doch hinein. Der Alte humpelte mit seinem Stock in das Haus und blieb wortlos vor Kevin stehen. Dabei lächelte er ein wenig und Kevin spürte, dass der alte Mann wirklich nichts Böses von ihm wollte. Als der Alte laut zu husten begann, vergaß Kevin seine Wunde am Kopf und half ihm, den Pelz abzulegen. Dann bot er dem Alten einen Platz am noch warmen Kamin an. „Ich mache Ihnen einen heißen Tee und etwas zu essen", rief Kevin, als er in die Küche ging. Der Alte sprach noch immer kein Wort, streckte sich in dem gemütlichen Sessel aus und schlief ein. Als Kevin mit dem Tee und einigen belegten Broten zurückkehrte, schnarchte der Alte gemütlich vor sich hin. Kevin ließ ihn schlafen und stellte alles auf den Tisch neben dem Sessel. Dann legte er sich auf das Sofa neben dem Kamin. Irgendwann, gegen Mitternacht erwachte er wieder. Längst waren die Kerzen, die er auf den Tisch gestellt hatte, heruntergebrannt. Er wollte nach dem Alten schauen, wie es ihm ging. Doch als er zum Sessel schaute, saß der Alte nicht mehr drin. Kevin suchte ihn im ganzen Hause, aber er fand ihn nicht. Auf dem Tisch stand der Teller, worauf er die belegten Brote gelegt hatte. Sie waren nicht mehr da und auch den Tee musste er wohl getrunken haben, denn die Tasse war leer. Unter dem Teller entdeckte er einen Zettel und daneben einen kleinen Beutel. Er las: „Danke, dass Du mir geholfen hast. Du bist ein guter Mensch. Ich muss nun weiterziehen. Ich wünsche Dir viel Glück. Und als Dank sollst Du diese Wollmütze bekommen. Sie wird Dir Glück bringen. Und wenn Du in Gefahr bist, dann setze sie einfach auf. Mach's gut, Kevin!" Verwundert legte Kevin den Zettel auf den Tisch zurück. Woher kannte der Alte seinen Namen? Er hatte ihm nicht gesagt, wie er heißt. Neugierig schaute er in den kleinen Beutel und fand eine wunderschöne beige Wollmütze. Sie erschien ihm irgendwie viel schwerer als die Wollmützen, die er bereits besaß. Und sie gefiel ihm so gut, dass er sie gleich aufprobierte. Er wollte sich betrachten und lief ins Badezimmer, wo ein kleiner Spiegel hing. Doch es war seltsam, obwohl er genau vor dem Spiegel stand, konnte er sich nicht sehen. Wie konnte das nur sein? Er stellte sich mal auf die eine Seite dann auf die andere, doch er konnte sich einfach nicht sehen. Irritiert nahm er die Mütze vom Kopf. Und welch ein Wunder, da war es wieder, sein Spiegelbild. Alles schien in Ordnung zu sein. Er setzte die Mütze wieder auf und verschwand augenblicklich. Mehrmals praktizierte er dieses Spielchen. Und immer war es das gleiche, wenn er die Mütze auf dem Kopf hatte, verschwand er und zog er sie sich wieder herunter, war er wieder da. Kevin verstand gar nicht, was das zu bedeuten hatte. Und er wusste auch nicht, wie das sein konnte. Aber er freute sich, dass es so war und wollte gleich am nächsten Tage ausprobieren, ob das auch draußen funktionierte. Doch so weit kam er nicht mehr, denn plötzlich knallte es laut. Kevin erschrak und ihm fiel ein, dass er vergessen hatte, die Tür zu verriegeln. Und tatsächlich, der Räuber war durch offene Tür zurückgekommen. Und er kam nicht allein, er hatte sich Verstärkung mitgebracht. Kevin konnte es nicht fassen. Zunächst wollte er sich der Gefahr stellen, doch dann hielt er inne. Möglicherweise würden ihn die beiden Gauner zusammenschlagen, wenn sie ihn sehen. Aber er konnte auch nicht fliehen, denn das Badezimmer verfügte über kein Fenster. Und zuschließen? Da säße er sowieso in der Falle! Als er hörte, wie jemand vor der Badezimmertür stand, setzte er sich schnell seine neue Wollmütze auf. Sofort verschwand er. Der Gauner, der geglaubt hatte, im Badezimmer jemanden anzutreffen, starrte irritiert in das leere Zimmer. Eben noch hätte er schwören können, jemanden dort zu sehen. Kevin hingegen schlich unsichtbar um den Gauner herum, aus dem Badezimmer. Draußen bediente sich bereits der andere Gauner und steckte alles, was er finden konnte in einen großen Sack. Wäre Kevin sichtbar gewesen, dann hätten ihn die beiden längst zu Boden geworfen oder schlimmeres mit ihm gemacht. Doch so unsichtbar? Kevin fand plötzlich Spaß an seiner Unsichtbarkeit, er stellte sich hinter einen der Gauner und begann laut zu lachen. Der Gauner fuhr herum, konnte jedoch niemanden entdecken. Kevin kitzelte ihn, der Gauner musste lachen und wusste gar nicht, was da mit ihm geschah. Nun kam der andere Gauner ins Zimmer, wollte seinem Kollegen helfen. Kevin gab ihm einen ordentlichen Tritt und der Gauner fiel der Länge nach hin. Der andere, der längst Angst bekommen hatte, stand zitternd im Raum und hielt den Sack, in welchen er sein Diebesgut verstaut hatte, fest in der Hand. Da rief Kevin laut: „Legt sofort alles auf den Boden und rennt, rennt!" Die beiden Gauner schauten sich nach allen Seiten um, doch sie konnte ja keinen sehen. Und Kevin lachte laut und rief immer wieder das Gleiche: "Stellt alles auf den Boden und rennt, was das Zeug hält. Gleich wird Euch der Teufel holen!" Die beiden Gauner, die längst die Hosen voll hatten, ließen den Sack fallen und rannten panisch aus dem Haus. Kevin lief ihnen hinterher und setzte sich auf den Motorschlitten, mit dem sie gekommen waren. Als die beiden Ganoven sahen, dass ihr Motorschlitten scheinbar wie von selbst davonraste, liefen sie schreiend durch den Schnee und verschwanden alsbald im Wald. Kevin konnte sich gar nicht beruhigen. Er lachte und freute sich, dass er die beiden Gauner endlich in die Flucht schlagen konnte. Und er wusste, dass sie so schnell nicht zurückkommen würden. Langsam ging er ins Haus zurück und nahm die Mütze vom Kopf. Nun stand er wieder in voller Größe und sichtbar da. Doch im Hause sah es wüst aus und die beiden Gauner hatten wahrlich ganze Arbeit geleistet. Bei ihrer Flucht hatten sie zwar alles zurückgelassen, doch vieles war kaputt und selbst der Fernseher war umgefallen und funktionierte nicht mehr. Was sollte Kevin jetzt tun? Er besaß nicht das Geld, um all die kaputten Dinge zu ersetzen. Und noch mehr arbeiten – er war ja schon jeden Tag bis spät abends im Wald unterwegs. Traurig legte er die Mütze auf den Tisch, doch sie rutschte über die Kante nach unten. Klappernd fiel sie auf den Boden. Kevin wunderte sich, dass sie solch ein lautes Geräusch erzeugte, als sie unten aufkam. Er hob sie auf und schaute sich das gute Stück genauer an. Was konnte so schwer sein, dass sie nach unten fiel ein Stein? Mit den Fingern tastete er den Stoff ab. In dem breiten Aufschlag schien etwas zu stecken. Er tastete mit den Fingern danach, es fühlte sich an wie Münzen. Mit einer Schere trennte er vorsichtig den Saum auf. Fassungslos zog er eine Münze nach der anderen aus dem Saum. Doch nicht allein das wunderte ihn so sehr. Vielmehr war es die Tatsache, dass alle Münzen aus purem Gold bestanden. Er konnte sein Glück kaum begreifen. Nicht nur, dass die Mütze eine Tarnkappe war, nein, sie beherbergte auch einen wertvollen goldenen Schatz. Und all das hatte er diesem alten Mann zu verdanken. Tage später brachte er die Münzen zur Bank und erzielte einen Gegenwert von 200.000 Dollar. Davon konnte er sein Haus renovieren und sich eine moderne Sicherheitsanlage einbauen lassen. Den Rest des Geldes sparte er sich. Und seine Wollmütze setzte sie immer dann auf, wenn er im Wald unterwegs war. Als er eines Abends mal wieder von der Arbeit im Wald zurückkehrte, sah er einen alten Mann, der lächelnd auf einem Baumstumpf saß und ihm zuwinkte. Es war der Alte, der ihn einst besuchte. Als Kevin näherkam, um sich bei dem Alten zu bedanken, verschwand der Alte vor seinen Augen und über dem Wald flog eine weiße Taube in den Abendhimmel hinein.

Das Haus auf der Insel

Man riet mir damals ab, dieses Haus zu kaufen. Aber den Grund dafür erfuhr ich nicht sofort. Es war allerdings ein wunderschönes Haus. Vielleicht sogar das Schönste auf dieser kleinen Insel? Es schmiegte sich malerisch in die kleine verträumte Bucht am Meer. Gerade in der Südsee fand man ab und zu solcherlei Perlen. Und das gerade ich solch ein Glück hatte, für einen geringen Preis dieses Schmuckstück erwerben zu können, grenzte beinahe an ein Wunder. Zur Besichtigung erschien die Maklerin, Madame Isabelle von Frankenstein, eine sehr attraktive Mittvierzigerin. Obwohl ihr rätselhafter Name auf so einiges schließen ließ, glich sie so gar nicht einem bösartigen Monster. Ganz im Gegenteil, mit ihrem bestechend guten Aussehen wickelte sie wohl jeden Mann um den Finger. Sie redete gern und leider manchmal auch ein bisschen viel. An jenem Tage, als wir uns trafen, wartete sie schon ungeduldig auf mich. Sie hatte ein leichtes Lächeln im Gesicht und ich wusste nicht, ob es echt war oder doch nur einen geschäftlichen Sinn hatte. Sehr höflich und akkurat begrüßte sie mich und begann sogleich mit ihrer Führung durch die wunderschöne Anlage. Der Garten des Hauses ertrank regelrecht unter den riesigen ausladenden Palmen. Ein großer Swimmingpool erstreckte sich darunter und sein blaues glasklares Wasser lud zum Bade ein. Überall waren schön angelegte Sträucher und üppige Blumenrabatten. Die Wege hatte man in Natursteinklinker gehalten und an den Rändern waren Lampen eingelassen, die nachts ein mattes Licht verbreiten sollten. Über eine breite Treppe gelangte man in das Innere des Hauses. Schon der Eingangsbereich erstrahlte in weißem Marmor und die goldenen Tischlampen auf dem weißen Mobiliar ließen mein Herz höherschlagen. Wir durchschritten alle zwei Etagen, wobei eine immer schöner war als die andere. Die großzügige Aufteilung der Räume und die großen Fenster und Terrassentüren verbreiteten ein märchenhaftes Flair. Ich hatte ein derart optimistisches und gutes Gefühl, dass ich mir kaum vorstellen konnte, in diesem Hause noch etwas Negatives zu finden. Als ich am Schluss der Besichtigung die Maklerin danach fragte, wurde sie sehr ernst und schaute irritiert zu Boden. Doch ich wollte es genau wissen. Sie sollte mir ehrlich sagen, welchen Makel dieses Haus besaß. Zögernd begann sie zu erzählen, dass sich vor hundert Jahren in dem ehemaligen Gebäude, welches vordem hier stand, ein Gefängnis befand. Dutzende Menschen hatte man hier eingesperrt und viele seien qualvoll umgekommen. Natürlich erkundigte ich mich, was das mit diesem neu errichteten Haus zu tun habe. Die Maklerin druckste wieder herum und meinte dann, dass man noch heute in so manchen Nächten die Schreie der Verstorbenen hören könnte. Manche würden sogar erzählen, dass man fliegende Leichen gesehen habe. Ich schaute die Maklerin ungläubig an. Was war das für ein Märchen, so etwas konnte ich mir ja nun wirklich nicht vorstellen. Ich bat sie, mich eine Nacht in dem Haus übernachten zu lassen, dann könnte ich ihr sagen, ob es mir hier gefiel oder nicht. Die Maklerin war einverstanden und wir verabredeten uns für den nächsten Tag. Zusammen mit Anita, einer guten Freundin, die schon seit einem Jahr auf dieser Insel lebte, machte ich es mir bequem und wir schauten uns noch einmal die Räume des Hauses in aller Ruhe an. Auch Anita schien sehr angetan und riet mir zu, diese Immobilie zu kaufen. Am Abend saßen wir noch lange auf der Terrasse und genossen den wunderschönen Sonnenuntergang am Horizont. Ein leichter Wind fächelte durch den Palmengarten. Ich legte mich aufs Sofa in einem der Wohnzimmer und Anita wollte auf der Terrasse bleiben. Sie wollte dort die klare Sternennacht genießen und ein wenig träumen. Einige Stunden schlief ich wirklich sehr gut. Gegen Mitternacht wurde ich aber doch von einem seltsamen Geräusch geweckt. Ich stand auf und wollte nachsehen, woher es kam. Vielleicht handelte es sich ja bereits um den Spuk, von dem mir die Maklerin erzählte. Ich lachte spöttisch vor mich hin und schaute nach Anita. Aber auf der Terrasse war sie nicht mehr. Ich dachte, dass sie vielleicht irgendwo anders im Hause unterwegs sei. Doch ich fand sie nirgendwo. Vielleicht war sie doch zu sich nach Hause gefahren, ich wusste es nicht. Doch das Geräusch wurde immer lauter. Und tatsächlich hörte es sich an, als ob jemand schrie. Da ich nicht an Geister glaubte, jedem übernatürlichem Quatsch die kalte Schulter zeigte, wollte ich dieser Sache auf den Grund gehen. Ich musste wissen, was es mit diesen Schreien auf sich hatte. Irgendeine Erklärung musste es für diese rätselhafte Erscheinung geben. Sollte tatsächlich dieses ehemalige Gefängnis daran schuld sein? Ich suchte das ganze Haus ab, fand aber keinerlei Hinweise darauf. Als ich mich gerade wieder auf mein Sofa legen wollte, stolperte ich über eine Bodenwelle. Ich schaute nach und stellte fest, dass irgendetwas unter dem Teppich war. Mit ganzem Körpereinsatz schob ich den schweren Teppich beiseite und entdeckte eine Luke im Boden. Der schmiedeeiserne Ring, der wohl zum Öffnen dieser Geheimtür diente, hatte den Teppich etwas angehoben, sodass ich schließlich darüber stolperte. Sie war nicht leicht zu öffnen, doch nach einigen vergeblichen Versuchen ließ sich die schwere Eisenklappe endlich anheben. Vor mir gähnte eine dunkle Röhre, an deren Seite eine verrostete Eisenleiter nach unten führte. Neugierig wie ich war, stieg ich hinab. Es wurde kalt und feucht und ich war froh, eine Jacke übergezogen zu haben. Es roch modrig und entsetzlich nach Müll und Abfällen. Befand ich mich etwa in der Klärgrube? Plötzlich ertönten wieder diese entsetzlichen Schreie! Doch hier unten hallten sie so laut, als seien sie unmittelbar vor mir. An der felsigen Wand steckten Fackeln in schmiedeeisernen Halterungen. Ich fragte mich, wer sie dort hineingesteckt hatte. Irgendjemand musste noch hier unten sein. Ich rief laut: „Hallo, ist jemand hier", doch es kam keine Antwort. Stattdessen krachte es laut über mir. Ich fuhr herum und stellte fest, dass die Luke zugefallen war. Nun wurde es noch dunkler als es ohnehin schon war. Nur die Fackeln verbreiten ihr gespenstisches Licht. Ich sprang von der Leiter und stand auf einem steinigen schmalen Gang. Plötzlich ertönten wieder diese Schreie. Sie kamen aus dem Gang vor mir. Ich wusste nicht genau, ob ich überhaupt weiter gehen sollte, denn mir wurde übel und die andauernden Schreie jagten mir Angst ein. Außerdem wusste ich nicht, ob sich die zugefallene Luke wieder öffnen ließ. Ich wollte schließlich nicht in diesen unwirklichen feuchten Katakomben verenden. In einem kleinen Seitengelass entdeckte ich plötzlich Anita. Offensichtlich hatte auch sie die Luke unter dem Teppich entdeckt. Sie stand nur einfach da und zitterte am ganzen Leibe. Ich eilte zu ihr und fragte sie, was geschehen sei. Mit flatternder Stimme stammelte sie etwas von einer weißen knochigen Gestalt, die durch die Gänge flog. Misstrauisch schaute ich sie an. Was erzählte sie da? War das diese fliegende Leiche? Oder war es am Ende nur Einbildung, Spinnerei? Ich nahm Anita am Arm und zerrte sie hinter mir her. Wir mussten schnellstens hier rauskommen, bevor wir zu stark unterkühlten oder uns irgendein Spuk den Weg versperrte. Ich hatte Anita meine dünne Jacke über die Schultern gelegt und hielt ihre Hand ganz fest. Sie schien sich langsam von dem Schock zu erholen, zitterte immerhin nicht mehr. Doch bevor wir an der Leiter ankamen, die nach oben führte, schrie jemand laut hinter uns und eine weiße Gestalt mit einem monsterähnlichen Gesicht flog über unsere Köpfe hinweg. Es hatte feuerrote Augen und Hörner auf dem Kopf. Immerzu stieß das Monster auf uns herab, als wollte es uns angreifen. Ich blieb stehen und beugte mich schützend über Anita. Dann rief ich dem Monster entgegen, dass ich mich nicht fürchtete und nichts von diesem Spuk hielt. Offenbar schien das zu wirken – laut schreiend verschwand das Monster im Dunkel des unterirdischen Ganges. So schnell es ging kletterten wir über die Leiter nach oben. Durch die enge Luke gelangten wir wieder ins Haus zurück. Als ich die Luke zugeschlagen hatte, ließen wir uns vollkommen entkräftet auf den Teppich fallen. Anita ging es unterdessen so gut, dass wir zusammen eine Flasche Rotwein leerten. Bis zum Morgen sprachen wir über das soeben Erlebte und konnten gar nicht fassen, dass es keine Schreie der Toten waren, sondern die eines Monsters, welches dort unten hauste. Ich musste meine Meinung revidieren, dass es keine Geister gab. Der Beweis schien erbracht und ich wollte der Maklerin meine Entdeckung zeigen. Ein Gutes hatte das Ganze, ich kam Anita etwas näher und wir verabredeten uns für den nächsten Tag auf ihrer Finca. Das wunderschöne Haus allerdings wollte ich so schnell als möglich verlassen. Es nutzte mir nichts. Was sollte ich mit einer Immobilie, die zwar wunderschön aussah und in einer Meeresbucht lag, aber von furchtbaren Monstern aus der Unterwelt heimgesucht wurde. Anita verabschiedete sich mit einem Kuss von mir. Ich freute mich schon riesig auf unser Wiedersehen, musste allerdings erst mit der Maklerin sprechen. Anita winkte mir noch einmal zu, bevor sie mit ihrem schicken Cabrio davonfuhr. Als die Maklerin kam, hatte ich längst geduscht und mir etwas anderes angezogen. Selbstsicher schritt sie die Marmorstufen nach oben ins Wohnzimmer, in welchem ich genächtigt hatte und nahm in einem Ohrensessel Platz. Irgendwie verbreitete sie so eine merkwürdige Kälte. Ich wunderte mich sehr darüber, denn das war mir am Vortag noch gar nicht aufgefallen. Aber nun musste ich mit ihr über alles sprechen, sie wollte ja wissen, wie ich mich entschieden hatte. Zwar wollte ich das Haus anfangs kaufen, doch die furchtbaren Erlebnisse der letzten Nacht hatten mich umgestimmt. Ich wollte der Maklerin die Luke zeigen, die ich entdeckt hatte. Sie zeigte sich auch sehr interessiert, schwieg jedoch beharrlich zu meinen Erlebnissen mit dem Monster. Ich führte sie zu der Stelle, an welcher ich über die vermeintliche Unebenheit gestolpert war. Doch als ich den Teppich anhob, um der Maklerin die Luke zu zeigen, war nichts mehr zu sehen. Dort, wo in der Nacht noch der Zugang zu einer teuflischen Welt war, lag nur das kostbare hölzerne Parkett. Weder gab es eine Luke noch den Hinweis auf einen Eingang. Ich verstand nun gar nichts mehr. Was ging hier nur vor? Die Maklerin zog ein seltsames Gesicht und ich wusste, dass sie mir kein Wort glaubte. Als ich ihr mitteilte, dass ich das Haus nicht kaufte, erschien sie ein wenig reserviert. Doch sie fing sich schnell wieder und wir verabschiedeten uns leicht unterkühlt. Als ich zu meinem Wagen ging, glaubte ich für einen Moment, einen Schrei zu hören. Ich drehte mich um und sah, dass mir die Maklerin mit kalkweißem hohlwangigem Gesicht hinterher schaute. Dabei starrte sie mich mit stechenden, feuerroten Augen an und ich stieg schnellstens in mein Auto und brauste davon.

Das Engelsbuch

23. Mai 2002

Ted hatte Geburtstag. Er wurde dreiunddreißig Jahre alt. Es kamen viele Gäste und er freute sich über die vielen Geschenke. Ted hatte wirklich unzählige Freunde und weil er in seinem Job als Bankmanager sehr viel Geld verdiente, wurde sein Freundeskreis größer und größer. Gegen Abend gingen die Gäste wieder und Ted wollte sich todmüde ins Bett legen. Doch plötzlich klingelte es. Wer konnte das noch sein? Sicher hatte nur jemand der Gäste irgendetwas vergessen. Doch so war es nicht, vor der Tür stand ein alter Mann. Er lächelte und sagte schließlich leise: „Herzlichen Glückwunsch zum Geburtstag. Auch ich will Dir etwas schenken. Hier, das ist für Dich. Viel Glück damit." Mit diesen Worten drückte er Ted ein Präsent in die Hand. Ted wusste nicht, wie ihm geschah, denn er kannte den Alten nicht und wunderte sich sehr über das Geschenk. Er packte es aus und hielt ein Buch über Engel und Elfen in der Hand. Weil er schon zu müde war und sich eigentlich auch gar nicht für solcherlei Dinge interessierte, legte er es achtlos in sein Bücherregal und dachte nicht mehr daran. In den folgenden Tagen schien sich sein bisher so erfolgreiches Leben abrupt zu ändern. Die Kunden wollten nicht mehr mit ihm verhandeln und eines Tages offerierte ihm sein Chef, dass er sich für einen neuen Mitarbeiter in der Bank entschieden hatte. Ted wurde fristlos entlassen. Doch das war noch lange nicht alles. Immer öfter brach das Unglück über ihn herein. Er verlor seine gesamten Ersparnisse und seine vermeintlichen Freunde. Irgendwann stand sogar seine teure Luxuswohnung auf der Kippe. Er konnte sich die hohe Miete nicht mehr leisten und wurde von seinem Vermieter auf die Straße gesetzt. Ted konnte es nicht fassen. Nun hatte er alles verloren. Mit einem einzigen kleinen Pappkarton, in welchem sich seine restliche Habe befand, zog er unter eine Brücke. Dort versuchte er es sich bequem zu machen. Aber er blieb nicht lange allein. Andere Obdachlose hatten ihn längst bemerkt und versuchten, ihn von seinem Platz zu vertreiben. Sie wollten die Unterkunft unter der Brücke mit niemandem teilen. Unter den wenigen Habseligkeiten, die Ted noch geblieben waren, befand sich auch das seltsame Engelsbuch des alten Mannes. Er holte es heraus und blätterte darin. Da entdeckte er ein Lesezeichen, welches zwischen den Seiten klemmte. Ted las die Seiten, wo es steckte. Er erschrak, auf den Seiten wurde vom Schicksal eines jungen Mannes geschrieben, der ab seinem dreiunddreißigsten Geburtstag nur noch Unglück und Pech hatte. Jedes einzelne Detail glich haargenau den Erlebnissen, die er in den vergangenen Monaten durchgemacht hatte. Das konnte doch gar nicht sein. Er wusste nicht, was das zu bedeuten hatte. Außer sich vor Empörung und vor Wut nahm er das Buch, zerriss es und warf die Papierschnitzel in den Fluss unter der Brücke. Dann nahm er seine Sachen und zog weiter. Doch es wurde immer schlimmer. Er wurde krank und hätte eigentlich ins Krankenhaus gemusst. Doch zu allem Unglück besaß er auch keine Krankenversicherung. In einem Wald, hinter dichtem Buschwerk versteckte er sich und glaubte bereits, sterben zu müssen. Da geschah etwas Seltsames. Eines Abends stand der alte Mann vor ihm, der ihm einst das Engelsbuch geschenkt hatte. Er schaute Ted besorgt an und meinte dann, dass er das Buch hätte weiterlesen sollen. Und er meinte, dass noch nicht alles zu spät sei. Ted sollte nur noch einmal in seinen Pappkarton schauen. Der Alte verschwand und Ted glaubte zunächst nicht an dessen Worte. Doch dann entschied er sich doch, in seinen Karton zu sehen. Mit letzter Kraft kramte er in seinem Karton herum und fand eine zerrissene Seite aus dem Engelsbuch. Offenbar hatte er damals nicht alle Papierschnitzel in den Fluss geworfen oder eines war in seinen Karton zurückgeflogen. Er holte es heraus und las was da geschrieben stand. Völlig verdutzt las er, dass ihm großes Glück beschieden sei, wenn er das Buch drei Jahre lang in seinem Besitz hätte. Es endete damit, dass er fortan glücklich und gesund leben könnte. Ted nahm den Papierschnitzel und steckte ihn in seine Hosentasche. Und welch Wunder, schon in der Nacht spürte er, wie ganz neue Kräfte in seinen kranken Körper zogen. Von Stunde zu Stunde fühlte er sich besser. Am nächsten Morgen fühlte er sich schließlich so gut, wie seit Jahren nicht mehr. Und er wusste gar nicht, wohin er zuerst gehen sollte. Er nahm seinen Pappkarton unter den Arm und lief durch die Straßen. Da entdeckte er ein Lotterielos auf dem Bürgersteig vor sich. Es flatterte im Wind immer mit ihm mit. Ted hob es auf und betrachtete es. Es war sogar noch gültig. Und da keiner zu sehen war, dem es gehören könnte, nahm er es einfach mit. Vor einem Fernsehladen, in dem den ganzen Tag ein TV-Gerät lief, verfolgte Ted die abendliche Lottoziehung. Und wieder hatte er Glück und das Los gewann. Ted war mit einem Schlag wieder reich. Er konnte sich ein kleines Haus leisten und lebte zufrieden und glücklich. Und als er auf den Kalender schaute, welchen er in seiner prall gefüllten Geldbörse trug, wunderte er sich. Es war der 23. Mai 2005, drei Jahre nachdem er das Engelsbuch von dem Alten geschenkt bekam.

Spätsommer

Helga lebte in einer wunderschönen Seniorenresidenz auf dem Lande. Ihr Sohn war längst erwachsen und hatte bereits selbst Kinder. In den letzten Tagen jedoch war es ihr so, als sei die Zeit des Abschieds nun gekommen. Oft saß sie auf der stillen Terrasse ihres kleinen Zimmers und schaute in den großen, üppig blühenden Garten hinaus. Und es war Spätsommer über dem Land. Sie hatte einen Beutel mit alten Fotos geholt und schaute sie sich an. Da waren sie wieder, die alten Zeiten. Damals, nach dem Krieg. Und dann die Nachricht, dass Kurt wohl nie mehr wiederkommt. Sie hatte Tränen in den Augen und schaute das Foto ihres geliebten Kurt lange an. Ein merkwürdiges Gefühl breitete sich da in ihrem Herzen aus. Ein Gefühl, welches sie sich einfach nicht erklären konnte. Als sie Kurts Fotos so in den Händen hielt, bemerkte sie, wie ihr alter goldener Ehering, welchen sie noch immer am Finger trug, zu vibrieren begann. Es war beinahe so, als würden elektrische Ströme durch ihn fließen. Immer wieder drehte sie den Ring und massierte ihre Hand dabei. Doch das Vibrieren blieb und wurde sogar noch schlimmer. Als sie es nicht mehr aushielt, zog sie den Ring vom Finger und steckte ihn in ihre Jackentasche. Aber auch dort gab er keine Ruhe – er tanzte regelrecht und sprang in ihrer Jackentasche auf und nieder. Stöhnend stand sie auf und legte den Ring auf die alte

Kommode neben Kurts Bild. Dann setzte sie sich zurück in ihren Gartenstuhl und schlief ein. Sie musste wohl recht lange geschlafen haben, als ihre Freundin aus dem Nachbarzimmer hereinkam und sie weckte. Sie meinte, dass sie doch gemeinsam in den Ort gehen wollten, um dort in einem gemütlichen Café ein Stück Torte zu essen. Helga erinnerte sich und freute sich schon auf den Ausflug. Sie zog sich ihre besten Sachen an und steckte den Ring wieder an den Finger. Dann zogen sie los. In dem kleinen Café, unweit der Seniorenresidenz konnte man wirklich sehr gemütlich sitzen. Auch dort gab es eine herrliche sonnige Terrasse. Die großen aufgespannten Sonnenschirme spendeten genügend Schatten und so ließ sich die Hitze dieses schönen Sommertages ertragen. Sie saßen noch gar nicht so lange, als erneut ihr Ring heftig zu vibrieren begann. Er drückte und schmerzte regelrecht, sodass sie ihn wieder vom Finger zog. Dabei entglitt er ihr und rollte über den marmornen Fußboden geradewegs unter einen anderen Tisch. Dort saßen ebenfalls drei ältere Herrschaften und ließen es sich so richtig gut gehen. Helga schaute nach ihrem Ring und lief zwischen den Stuhlreihen bis zu jenem Tische, unter welchem ihr Ring lag. Sie wollte ihn aufheben, doch der Ring sprang und hüpfte vor ihrer Hand auf und nieder. Es gelang ihr einfach nicht, den Ring zu fassen. Da beugte sich ein älterer Herr herunter und griff nach dem Ring. Und wie seltsam, der Ring ließ sich ganz einfach vom Fußboden aufheben.

Als der ältere Herr Helga den Ring zurückgeben wollte, verharrte er sekundenlang. So, als habe er etwas Unglaubliches entdeckt starrte er Helga in die Augen und schüttelte dann mit dem Kopf. „Helga, bist Du es", flüsterte er und seine Stimme zitterte wie Espenlaub. Er schwankte und musste sich am Tisch festhalten, um nicht umzufallen. Sofort standen seine beiden Begleiter auf und hielten ihn fest. Helga wusste im ersten Moment nicht, was sie sagen sollte. Ihr steckte ein dicker Kloß im Hals und ihr entwich gerade noch ein dünnes: „Ja, ich bin´s." Dann erkannte sie ihn, es war Kurt, ihr vermisster Ehemann. Die beiden fielen sich weinend um den Hals. All die vielen Jahre, all die schweren Zeiten, alles schien wie weggewischt zu sein. So, als habe es das Leben dazwischen nie gegeben, waren sie sich plötzlich so nah wie noch nie vorher. Helga küsste ihren Kurt und wischte ihm die Tränen aus dem faltigen Gesicht. Dann sagte sie: „Wo hast Du nur gesteckt? Oh mein Gott, dass ich Dich wiedergefunden habe." Und Kurt antwortete schluchzend: „Ich habe so lange nach Dir gesucht. Aber als ihr raus musstet aus Breslau, habe ich Dich nie mehr wiederfinden können. Mein Schatz, Du lebst und das ist so wunderbar." Die beiden mussten sich setzen. Zu groß waren die Freude und auch der Schmerz, sich so viele Jahre nicht mehr gesehen zu haben. Sie hatten sich so unendlich viel zu erzählen und Kurt flüsterte, dass er nie mehr geheiratet habe. Auch Helga war nach der Flucht aus Schlesien noch sehr lange allein geblieben.

Als Kurt nicht mehr kam und die Nachricht, er sei vermisst, die Runde ging, heiratete sie dann doch wieder. Die Ehe brachte einen Sohn, der längst im Ausland lebte. Doch ihren Kurt konnte sie niemals vergessen. Als ihr Ehemann dann starb, zog sie in die Seniorenresidenz. Es stellte sich schließlich heraus, dass auch Kurt in dieser Residenz lebte. Doch sie waren sich nie begegnet. Lediglich Helgas alter Ehering, den sie niemals weggelegt hatte, brachte die beiden wieder zusammen. Sie lebten fortan wieder zusammen und genossen jede Stunde, die sie noch gemeinsam verbringen konnten. Als sie starben, rollte ein goldener Ring über den Friedhofsweg bis hin zum Grabstein und legte sich wie schlafend zwischen die unzähligen Blumen auf dem Gemeinschaftsgrab. Und wieder war es Spätsommer geworden.

Ausgebremst

Gerade in der letzten Zeit erinnerte ich mich oft an meine allererste Lehrerin. Sie war eine schon ältere Frau, die aber so mütterlich und liebevoll mit ihren Schülern umging, wie man es heute nur noch selten findet. Ich mochte sie sehr und ich muss zugeben, dass ich in diesen ersten Schuljahren auch zu den besten Schülern meiner Klasse gehörte. Das schürte natürlich den Neid meiner Mitschüler und meine Lehrerin half mir stets, wenn es mal zu brenzlig wurde. So kam ich sehr gut über diese schwierigen Zeiten. Auch heute begegnete mir immer wieder Neid und Missgunst bei Menschen, die mir aus unerfindlichen Gründen nicht wohl gesonnen waren. Ich fragte mich dann immer, was ich denen wohlgetan hatte, dass sie mir so hasserfüllt gegenüberstanden. Es war an einem eiskalten Wintertag. Ich musste zu einem etwas weiter entfernten Termin fahren. Ausgerechnet als ich losfuhr, tobte ein heftiges Schneetreiben über der Stadt. Es half jedoch nichts, ich musste fahren, denn ich war auf diesen Termin angewiesen. Die Fahrt zur Autobahn verlief weitgehend normal. Zwar rutschte das Fahrzeug in den tiefen Spurrinnen hin und her, doch es ging vorwärts, und nur das zählte. Ich war bereits etliche Kilometer auf der Autobahn unterwegs, da bemerkte ich plötzlich, dass die Bremse meines Fahrzeugs nicht mehr funktionierte. Immer wieder trat ich auf das Pedal, doch nichts passierte. Mir trieb es den Angstschweiß auf die Stirn, denn ich befand mich gerade bei einem riskanten Überholvorgang. Der Fahrer hinter mir gab bereits eindeutige Lichtsignale, doch ich war derart nervös, dass ich mich zurückfallen ließ und auf die rechte Fahrspur auswich. Mein Fahrzeug allerdings wurde nicht langsamer, im Gegenteil, es wurde immer schneller. Denn zu allem Unglück ging es nun auch noch bergab. Ungefähr fünfzig Meter vor mir tauchten die roten Rücklichter eines LKWs auf. Und das Schneetreiben ließ keinesfalls nach. Die Schneeflocken fielen immer dichter und ich konnte noch nicht einmal auf einen Parkplatz an der Autobahn fahren. Wie sollte ich das Fahrzeug abbremsen, wenn nichts mehr funktionierte. Mit zittrigen Händen hielt ich das Lenkrad fest. Ich musste wenigstens die Spur halten, damit das Fahrzeug nicht ausbrach. Immer näher kam ich an den LKW und es würde wohl nicht mehr lange dauern, bis ich ihn rammte. Das allerdings könnte mein Ende bedeuten. Ich starrte auf die bedrohlichen Rücklichter und schloss bereits mit meinem Leben ab. Da tauchte plötzlich eine Person am Straßenrand auf. Es war eine ältere Frau und sie schien mir zuzuwinken. Doch schnell verschwand sie wieder im tobenden Schneetreiben. Im selben Moment überholte mich ein anderes Fahrzeug. Es war ein alter klappriger Transporter. Er fuhr neben mir her und setzte sich schließlich zwischen den LKW und mein Fahrzeug. Entsetzt beobachtete ich sein riskante Fahrmanöver und konnte nicht bremsen. Der Transporter vor mir wurde langsamer und ich berührte ihn schließlich mit meinem Auto. Doch es kam zu keinem Unfall, denn das Fahrzeug bremste mich langsam ab. Ich konnte mein Glück kaum fassen. Irgendjemand musste meine ausweglose Situation mitbekommen haben und hatte mir wohl auf diese Weise das Leben gerettet. An der nächsten Ausfahrt rollten wir von der Autobahn auf einen kleinen Parkplatz. Dort blieben unsere Fahrzeuge schließlich stehen und mir fiel ein zentnerschwerer Stein vom Herzen. Erleichtert wischte ich mir den Schweiß von der Stirn und stieg aus. Ich wollte zu dem fremden Fahrzeug, um mich bei dem Fahrer zu bedanken. Doch als ich davorstand, sah ich niemanden am Steuer sitzen. Irritiert schaute ich auf die anderen Sitzplätze, doch es saß niemand drin. Nun begriff ich gar nichts mehr. Wie konnte das nur sein? War der Fahrer vielleicht zur Toilette gegangen? Ich schaute mich um, konnte jedoch niemanden entdecken. Auch eine Toilette gab es hier nicht. Mir kam die Sache komisch vor und ich rief die Polizei. Die fanden auch keinen Fahrer und stellte später fest, dass jemand die Bremsleitungen meines Wagens durchgeschnitten hatte. Als Täter konnten meine Nachbarn identifiziert werden. Auf diese Weise, so hofften sie, wollten sie mich endlich los werden. Sie wurden verhaftet und bekamen einen Prozess. Doch das Merkwürdigste war, dass man den Fahrer des alten Transporters nicht ausfindig machen konnte. Denn das Fahrzeug war seit zwanzig Jahren stillgelegt und gehörte einst jemandem, den ich sehr gut kannte, meiner vor vielen Jahren verstorbenen Lehrerin!

Der Große Preis

Hannibal, Missouri, 1844

Es war die Zeit der großen Wettbewerbe im Land. Jeder, der etwas auf sich hielt, nahm an irgendeinem Wettbewerb teil, egal, wie lächerlich er sich dabei auch machte. Auch der kleine Samuel wollte unbedingt an einem Wettbewerb teilnehmen. Denn dort, wo er lebte, in einer unbedeutenden Kleinstadt am Rand der Zeit passierte nicht sehr viel Aufregendes. Da war es schon spannend, wenn ein qualmender Mississippi-Dampfer vorbei schipperte. Die Ausschreibung eines großen Verlages kam da wie gerufen. Auch Samuel las das in der Tageszeitung und er wollte unbedingt an dem Wettbewerb teilnehmen. Nächtelang saß er an seinem kleinen wackeligen Schreibtisch und schrieb. Doch eine zündende Idee hatte er nicht. Und woher sollte diese zündende Idee auch kommen? Was passierte in seiner winzigen Stadt schon Aufregendes, nichts! Und so tat er das, was am naheliegendsten war, er schrieb eben über all die Dinge, die er sah. Den vielleicht nicht sonderlich abenteuerlichen Alltag in seiner Heimatstadt brachte er einfach zu Papier und schickte das Ganze schließlich an den Verlag. So richtig wohl war ihm ja nicht, doch er liebte seine Stadt und seine Eltern. Er mochte auch all die hart arbeitenden Menschen dort und er glaubte, dass der Verlag schon merken würde, wie viel Herzblut in seiner Geschichte lag. Kurz, nachdem er die Geschichte an den Verlag geschickt hatte, wurde er vom Verleger eingeladen. Natürlich freute sich der kleine Junge, denn er glaubte schon, einer der Besten zu sein. Vielleicht bekam er ja sogar den ausgeschriebenen Preis, den großen silbernen Pokal, der dann in allen Zeitungen zusammen mit ihm als strahlenden Sieger abgebildet wurde? Zusammen mit seinen Eltern fuhr Samuel zum Verlag in die große Stadt. Da gab es vielleicht viel zu sehen, die vielen Pferdefuhrwerke, die vielen Menschen und dann die unzähligen Geschäfte, eines bunter als das andere! Leider konnte er sich nichts kaufen, denn Geld hatte die Familie nicht viel. Dennoch gab es gerade hier in der Stadt sicherlich sehr viele Themen, die zum Aufschreiben einluden. In einer kleinen, sehr billigen Pension übernachtete die Familie und fühlte sich recht wohl. Am nächsten Tag war der Termin im Verlag. Samuel staunte, denn so viele wirklich sehr wichtige und gut gekleidete Leute hatte er wahrlich noch niemals gesehen. Alle schienen sehr beschäftigt zu sein und schleppten dutzendweise Akten durch die Flure. Ein älterer Mann mit einer großen runden Nickelbrille auf der Nase schlenderte über den Flur und rief laut Samuels Namen. Der kleine Junge schaute stolz zu seinen Eltern, denn gleich würde er wohl den riesigen Pokal in seinen Händen halten. Der Verleger war ein sehr freundlicher Mann. Er schien tatsächlich sehr angetan von der Geschichte, die Samuel da geschrieben hatte.

Dennoch wollte er dem aufgeweckten Jungen nicht etwa einen Siegerpokal überreichen. Nachdenklich schob er seine Nickelbrille auf die Nase und sagte beschwichtigend zu Samuel: „Also, Deine Geschichte ist wahrlich sehr interessant. Wie Du den Alltag auf Deiner Kleinstadt beschrieben hast, ist wirklich beeindruckend. Aber findest Du nicht auch, dass da irgendwie die Würze fehlt? Das Salz, welches die Geschichte erst so richtig schmackhaft macht, weißt Du, was ich meine?" Samuel starrte den Verleger ungläubig an. Was meinte dieser furchtbar wichtige Mann da nur? Gefiele ihm die Geschichte am Ende doch nicht? Noch einmal erkundigte er sich bei dem Mann, wie der das gemeint hatte. Da beugte sich der alte Mann zu dem kleinen Jungen herab und meinte: „Weißt Du, es ist schon interessant, wenn Dein Papa hart arbeitet, während ein laut tutender Dampfer auf dem Fluss vorüberfährt. Aber wen interessiert das schon? Wenn aber draußen vor dem Haus, wo der Papa arbeitet, ein heftiger Schneesturm wütet, der Dampfer auf eine Sandbank gefahren ist und untergeht, wenn es dann auch noch einen heftigen Erdstoß gibt, der die ganze Stadt erschüttert, tja dann, verstehst Du mich Samuel?" Da merkte der kleine Autor, was der erfahrene Verleger meinte. Er sollte aus den eigentlich recht tristen Ereignissen in seiner kleinen Stadt richtige Schauermärchen machen. Ein wenig traurig nickte er und der Verleger verabschiedete sich von dem kleinen Jungen. Als die Familie schließlich

wieder nach Hause fuhr, war Samuel überhaupt
nicht mehr sehr glücklich. Wie sollte er nur aus
dem langweiligen Stadtalltag eine Abenteuerge-
schichte zaubern? Natürlich könnte er alles so
verändern, dass die Leute, die später lesen, vor
Aufregung ganz verrückt würden. Doch war das
dann immer noch das Leben, wie er es kannte
und irgendwie auch liebte? Daheim setzte er sich
an den Schreibtisch und veränderte die Geschichte dementsprechend. Es wurde eine regel-
rechte Horrorgeschichte, in der es herging wie
bei einer Naturkatastrophe. Aber wohlfühlte sich
Samuel absolut nicht mehr. Das war nicht das,
was wirklich beschreiben wollte. Es war nicht die
Wahrheit, der wirkliche Alltag, der so hart arbeitenden Menschen in seiner kleinen Stadt. Mit
einem flauen Gefühl in der Magengegend schickte er das Manuskript an den Verlag. Ihm war es
schon beinahe egal, der Beste zu sein. Denn die
Geschichte mochte vielleicht dem Verlag gefallen, ihm gefiel sie nicht mehr. Der Tag der Sie-
gerehrung kam und Samuel fuhr wieder in die
große Stadt. Er kannte den Verleger schon, der
an diesem Tag wirklich wie ausgewechselt
schien. Als Samuel in dem großen Saal saß, wo
gleich der Sieger des Wettstreits bekannt gegeben würde, warteten da schon sehr viele Jungen
und Mädchen auf den Beginn der Feierlichkeit.
Alle schauten erwartungsvoll zur Bühne und
schließlich eröffnete der Verleger die Veranstal-
tung. Es wurde wahrlich sehr viel geredet und
schließlich wurde die beste Geschichte genannt.

Es war tatsächlich Samuels Horrorgeschichte. Seine Eltern waren wirklich sehr stolz auf ihn. Nur Samuel selbst konnte einfach nicht lachen. Laut stöhnend trat er ans Mikrofon, wo er noch einige Worte zu seiner Geschichte sagen sollte. Er sah all die vielen Kinder im Publikum und er sah all die vielen wichtigen und gut gekleideten Leute in der Jury auf der Bühne. Dann schaute er zu dem silbernen Pokal, der funkelnd vor ihm auf dem Rednerpult thronte. Und dann begann Samuel, der Sieger des Wettstreits zu sprechen: „Ich, äh, ich bedanke mich für die Ehre. Ich freue mich auch wirklich, dass ich wohl die beste Geschichte geschrieben habe. Aber ich kann den Preis nicht annehmen!" Ein lautet Raunen ging durch die Sitzreihen. Die Leute schüttelten ihre Köpfe und konnten gar nicht verstehen, was sie da hörten. Samuel hatte Tränen in den Augen und sprach weiter: „Wisst Ihr, ich habe zwar eine Geschichte geschrieben, doch sie stimmt einfach nicht. Sie ist zwar abenteuerlich und wirklich sehr spannend. Aber sie spiegelt nicht das wider, was ich an meiner kleinen Stadt so liebe. Die Menschen, meine Eltern, der Fluss, all das einfache Leben fehlt. Nein, ich gebe hiermit den Preis zurück und gebe dem Zweiten eine Chance." Der Verleger wäre bald aus seinen Schuhen gekippt, hätte er nicht schon auf einem stabilen Stuhl gesessen. Voller Wut erhob er sich und nahm den Silberpokal an sich. Er bat den Zweiten auf die Bühne, der sich für die Auszeichnung vollmundig und ehrfürchtig bedankte. Die Leute klatschten in die Hände und Samuel verließ mit seinen Eltern den Saal. Doch die waren keinesfalls böse auf ihren mutigen Sohn. Nein, sie waren unglaublich stolz, denn Samuel hatte etwas gezeigt, dass es wohl nur selten gab, Haltung und Charakter! Er war ehrlich und er er verzichtete auf den Preis, weil er sich nicht verstellen wollte.

Jahre später wurden dann seine neuesten, spannenden Geschichten gedruckt. Sie wurden Welterfolge, denn es handelte sich bei dem Autor um keinen geringeren als um den Schriftsteller Mark Twain.

Der Ring der Mutter

„Vergiss niemals mein Liebling,
in diesem blauen Ring liegt meine Seele."

Es waren diese Worte, die Timmy noch in seinen Ohren hatte. Aber diesen Ring gab es nicht mehr. Das einzige Andenken an seine geliebte Mutter war verschwunden. Vielleicht hatte sie ihn zu Lebzeiten irgendwo verloren? Doch er bekam sie nie wieder zurück, den Ring und seine geliebte Mutter. Sie starb an einer unheilbaren Krankheit und still wars auf dem kleinen Friedhof da draußen auf dem Lande. Die Beerdigung war vorbei und neben dem Pfarrer war nur Tommy noch anwesend, sonst keiner. Nun hatte er niemanden mehr, der ihn verstand, der für ihn da war oder ihm zuhörte, wenn er mal Sorgen hatte oder in Not war. Er fühlte sich so hilflos, so allein. Und plötzlich wehte ein seltsamer Wind, der irgendwie nicht von dieser Welt zu kommen schien, über das kleine Grab. Timmy legte eine weiße Rose darauf und brach in Tränen aus. Erst jetzt wurde ihm bewusst, wie sehr er seine Mama geliebt hatte. Und nun war das Unvermeidliche, das Unabwendbare plötzlich geschehen. Wie sollte er nur weiterleben? Mit seiner Mutter verband ihn etwas, dass er niemandem beschreiben konnte. Es fand wohl auf einer höheren Ebene statt. Es waren die Seelen, die sich trafen, wo immer sie auch waren. Und was auch immer geschah, die Kraft der Mutter hatte er in seinem Herzen. Niemand konnte sie ihm mehr nehmen. Und er war so glücklich, dass er sie besaß. Denn diese Kraft stirbt nie. Es hatte zu regnen begonnen als er langsam über den Friedhof trottete. Eigentlich wollte er nach Hause, doch er konnte es nicht. Wirre Gedanken machten sich in ihm breit. Er konnte sein Leben so einsam und allein nicht mehr ertragen. Er fühlte es. Und doch wollte er nicht aufgeben. Mutter hatte immer gesagt, dass man niemals daran denken darf, seinem Leben ein Ende zu bereiten, wenn man nicht mehr weiterweiß. Es gibt immer einen Ausweg. Und wenn man weiß, dass nichts und niemand einen aus der Bahn werfen kann, dann ist man stark. Aber was nutzte das? Was konnte er mit diesen weisen Worten in diesem dunklen Moment anfangen? Er wollte seiner Mutter noch so unendlich viel sagen, wollte ihr noch viel öfter sagen, dass er sie so sehr liebte und immer mit ihr verbunden war. Doch er konnte es nicht mehr. Und als der Regen immer stärker wurde und der Abend sich über den Friedhof senkte, wollte er sich die Pulsadern aufschneiden. Am frischen Grabe seiner Mutter wollte er ihr nun folgen. Dorthin, wo es keine Zeit mehr gab, nur Liebe und ewige Verbundenheit. Ob es dieses fremde Wunderland überhaupt gab? Timmy war sich sicher, dass es diese unbekannte Welt gab. Er wusste es genau! Niedergeschlagen setzte er sich auf eine vom Regen durchtränkte alte wackelige Bank unter einer alten Eiche. Hier war es wärmer als auf dem seichten Friedhofsweg. Die Bank stand neben einem Grab. Eine Grablaterne stand darauf und erhellte ein ganz klein wenig ein winziges rundes Bild. Timmy beugte sich zu dem Bild und sah in das Gesicht einer wunderschönen jungen Frau. Sie war mit 22 Jahren gestorben. Davor, zwischen den Blumen entdeckte er einen aufgeweichten Brief. Obwohl die Schrift schon fast verblichen war, konnte Timmy ihn noch entziffern. „Ach mein Liebster. Nun bin ich doch eher gegangen als Du. Und wir konnten unsere Liebe nicht weiter genießen. Mein Schicksal war dagegen. Meine Krankheit hat gesiegt. Doch Du sollst wissen, dass ich Dich immer geliebt habe und Dich immer lieben werde. Ich werde stets bei Dir sein. Deine Amelie." Timmy hatte Tränen in den Augen, glich doch dieser unfassbare Brief irgendwie seinem gerade erst stattgefundenen Abschied von seiner so geliebten Mama. Wie sehr sich doch die beiden Leben glichen. Auch seine Mutter starb an einer schweren Krankheit. Und auch sie konnte nicht mehr weiter lieben. Neben dem Brief saß ein kleiner Plüschteddybär. Er war ganz nass und schaute doch lachend zu Timmy hinauf. Plötzlich begann der kleine Teddybär zu sprechen und Timmy wollte zunächst davonlaufen, so erschrocken hatte er sich. Aber dann sah er den dichten Regen und fühlte sich unter der Eiche doch beschützter als draußen. Der Teddy sagte: „Du darfst nicht verzweifeln. Geh zurück zum Grab Deiner Mutter. Dort, zwischen Blumen liegt ein Ring mit einem klaren blauen Stein. Heb ihn auf und Du wirst Deine Lieben wiedersehen." Timmy trafen die Worte des Teddys wie ein Schlag. Zwar wusste er, dass es diesen Ring gegeben hatte, doch wo er jetzt war, wusste er nicht. Langsam ließ der Regen nach und der Teddy saß schweigend wie vordem auf dem Grab und lächelte Timmy an. Was hatte all das nur zu bedeuten? Hatte sich Timmy das alles nur eingebildet? Ein Plüschteddybär konnte doch gar nicht sprechen. Vielleicht hatte ihn die Beerdigung zu sehr mitgenommen. Er fühlte sich doch so einsam und unendlich traurig. Aber vielleicht war auch alles real und der kleine Teddy hatte die Wahrheit gesprochen? Sollte es diesen Ring doch noch geben? Er stand auf und lief zum Grab seiner Mutter zurück. Dort schaute er zwischen die unzähligen Blumen und fand tatsächlich einen Ring. Er war aus Gold und trug einen märchenhaften, geschliffenen blauen Stein. Dieser war so klar wie das Meer und schien wie eine Träne seiner Mutter. Vorsichtig hob er ihn auf und steckte ihn an seinen kleinen Finger. Sonderbar spiegelte sich das Licht einer Laterne wider, die am Friedhofsweg leuchtete. Plötzlich vernahm er die Stimme seiner Mutter. Sie war so nah und so gut verständlich, dass er sogar ihren Atem spüren konnte. Es war, als stände sie hinter ihm und würde ihm ins Ohr flüstern. „Wie schön, dass Du ihn gefunden hast", sagte sie, „nun bin ich immer bei Dir und Du brauchst nie wieder Angst davor zu haben, einsam zu bleiben. Denn dieser kostbare Ring trägt die Seele

Deiner Mutter in sich." Voller Glück, aber noch unsicher, ob das, was er da erlebte, wirklich wahr war, lief Timmy nach Hause. Unterwegs sah er ein blaues Licht in der Ferne, welches sich immer schneller näherte. Timmy glaubte, es sei ein Auto mit aufgeblendetem Licht. Aber so war es nicht. Das Licht kam schnell näher, flog über seinen Kopf und verharrte dort plötzlich wie eine künstliche Sonne. Timmy bekam es mit der Angst zu tun, war das ein Ufo? Eigentlich glaubte er solcherlei Unsinn nicht. Dennoch verhielt sich das Licht genauso, wie man es immer in solcherlei Filmen zu sehen bekam. Es war höchst merkwürdig und eigenartig. Und es schien auch bedrohlich, denn es folgte ihm, wohin er auch ging. Als er vor seiner Haustür ankam, suchte er den Haustürschlüssel, fand ihn jedoch nicht. Da schoss aus der Lichtkugel ein blauer Blitz genau auf die Haustür zu. Die öffnete sich wie von einer Geisterhand betätigt und Timmy sprang ins Haus. Hinter ihm fiel die Tür krachend zu. Doch noch etwas anderes krachte gegen die Tür, immer und immer wieder. Timmy wusste nicht, was es war und was das zu bedeuten hatte. So schnell er konnte, rannte er in seine Wohnung in der zweiten Etage und schloss mehrmals hinter sich zu. Zitternd und frierend hielt er sich am Türgriff fest. Was ging hier nur vor? Er lief zum Fenster und schaute hinunter zur Haustür. Davor standen drei Männer. Sie hatten Messer in ihren Händen und schlugen, vermutlich im Alkoholrausch, mit ihren Fäusten gegen die Tür.

Irgendjemand aus dem Hause musste wohl die Polizei alarmiert haben. Mit Blaulicht und lautem Sirenengeheul kamen gleich mehrere Polizeifahrzeuge angerast. Die Beamten sprangen aus den Autos und rannten auf die Männer zu. Die versuchten zu fliehen, doch es half ihnen nichts. Sie wurden sofort festgenommen. In diesem Moment wurde Timmy klar, dass ihm das Licht über ihm das Leben gerettet hatte. Die Täter kamen nicht an ihn heran. An seinem kleinen Finger spürte er ein schwaches Vibrieren. Es war der Ring. Nachdenklich betrachtete er sich das wunderschöne Schmuckstück. Und wieder meldete sich die sanfte liebevolle Stimme seiner Mutter. „Geh nicht so oft in der Nacht hinaus. Es kann gefährlich sein. Aber hab keine Angst, ich beschütze Dich, wo immer Du auch bist." Timmy legte den Ring nie wieder ab. Sein ganzes Leben achtete er sehr auf das wertvolle Stück. Und das Glück war ihm hold. Er gründete eine Familie und wurde ein großer Star. Als er eines Tages starb, verschwand der Ring und konnte nicht mehr gefunden werden. Doch eines Tages, auf seinem Grab, zwischen unzähligen Blumen entdeckte sein Sohn den wundervollen blauen Ring, der so klar war, wie die Träne einer weinenden Mutter.

Der kleine Fuchs

Tim war eigentlich recht gesund. Zumindest sagte man ihm das immer wieder. Doch seit einiger Zeit, als die Schweißperlen wie ein heiliger Rosenkranz um seine Stirn prangten, als die flotten Ausreden dominierten, mal nicht jede Nummer im Bett auszuprobieren, als eben alles ein wenig anders zu werden schien, dachte er gehäuft über sein Leben nach.

Die Fünfzig gerade überschritten, spürte er tiefe Ängste und ein gewisses Vibrieren in seinem eigentlich recht widerstandsfähigen Körper. Er ging zum Arzt und hörte mit Schaudern, dass er unter Depressionen litt. Eigentlich konnte das doch gar nicht sein. Hatte er seinen Job in der Werbeagentur nicht äußerst erfolgreich ausgeführt, und war er nicht mit der allerhöchsten Gehaltssonderklasse ausgezeichnet in einen neuen besser gestellten Lebensabschnitt hinübergeglitten? Er wusste es nicht und fühlte sich plötzlich schwach und irgendwie hilf- und sprachlos. Nichts wollte ihm mehr richtig von der Hand gehen, und als sein Chef, ein spindeldürrer angegrauter Mittdreißiger plötzlich fand, dass Tim, sein eigentlich bestes Pferd im Stall, ein wenig zu viel Schweißperlen in seinem sonst ziemlich harmlos wirkenden Gesicht mit sich trug, wusste er einfach nicht mehr weiter. Die Kündigung kam so plötzlich wie ein Hagelschlag im Sommer! Sie warf Tim vollends aus der Bahn. Wie sollte es nun weiter gehen? Wovon sollte er seine Kredite weiter bedienen. Und wie sollte er seinen geliebten Sportwagen zuverlässig abstottern, wenn das Geld zukünftig ausblieb? Er wusste es nicht und lag fortan nächtelang wach. Eines Morgens hatte er schließlich die Lösung. Wohl waren es diese übermächtigen, nagenden Ängste, die ihn nicht mehr daheim aushalten ließen und so ließ er sich kurzerhand in eine psychiatrische Klinik einweisen. Er wollte einfach wissen, wie es mit seinem Körper und mit seinem Geiste stand. In der Klinik lernte er erstmals seinen gesamten Leib so richtig kennen. Auch, wenn ihm viele Dinge noch immer ziemlich unklar erschienen, wusste er immerhin, wie er weiter machen konnte. Eigentlich war es leicht, denn die vielen Therapien und die Spaziergänge, die er sich mehrmals täglich selbst verordnete, halfen ihm, den rechten gesundheitlichen Weg zu beschreiten. Es war eine starke Bronchitis, die ihn dann doch wieder nach Hause trieb. Er schwor sich, nach dieser Erkrankung die Therapien im Krankenhaus fortzusetzen. Doch als er endlich wieder klar sprechen konnte, ohne sich gleich umzustülpen, weil seine Bronchien das so wollten, fühlte er sich etwas stärker und wollte schnellstens wieder loslegen. Allerdings ging das nur eine kurze Weile. Und als drei Jahre und drei Nächte vorüber waren, fühlte er sich erneut ausgebrannt und am Ende aller Lebenszeiten. Mehrmals und immer wieder setzte er sich mit den Ärzten im Krankenhaus in Verbindung.

Doch die wollten aus unerfindlichen Gründen nichts mehr von ihm wissen und schwiegen. Nicht einmal ein Therapeut wollte ihm helfen, wollte nur etwas tun, wenn Tim genügend Bargeld vorschoss. Natürlich konnte das der arme Fünfziger nicht. Und so blieb ihm sämtliche medizinische Hilfe versagt. Als Kassenpatient hatte er in seiner Stadt nichts auszurichten. Nicht einmal die Rettungsstelle seines Krankenhauses konnte ihm da helfen. Er war einfach zu arm, um die notwendige Hilfe zu erhalten. Unter einem Vorwand und unter Vortäuschung falscher Tatsachen, bekam er dann doch einen Therapeuten Termin in einer recht zweideutigen Praxis. Der geldgierige Therapeut schrieb eine Rechnung nach der anderen. Und Tim tat so, als wollte er sie in Kürze begleichen. Immerhin erschlich er sich auf diese Weise dreizehn Therapiestunden. Doch dann war endgültig Schluss. Denn der käufliche Therapeut kam dahinter, dass Tim nur Kassenpatient war und sagte die noch ausstehenden Therapiestunden kurzerhand und eiskalt ab. Tja, da stand also Tim hilflos in seinem Elend und keiner wollte ihm mehr helfen.

Ein letzter verzweifelter Besuch im Krankenhaus, wo er einst die besten Therapien erhielt, blieb erfolglos und so zog er sich immer mehr zurück. Sollte es denn wirklich keine Hilfe mehr für ihn geben? Sollte er wirklich mutterseelenallein in irgendeiner Ecke seines schiefen Lebens verenden? Nicht einmal einen Job hatte er mehr, und in seinem Alter war man doch mehr tot als lebendig. Noch niemals vorher ging es ihm so schlecht wie in dieser unseligen Zeit. Nächtelang lag er wach und sann darüber nach, was er tun könnte, um die Situation doch noch zu retten. Seine Fantasien reichten von Selbstmedikation bis zum Ertrinken in irgendeinem See. Doch eine realistische Möglichkeit, seinem Leben doch noch einen Sinn geben zu können, fand er einfach nicht.

Eines Tages, als die Schweißausbrüche ihren jähen Höhepunkt zu erreichen schienen, als die Hitzewallungen kaum noch erträglich waren, warf er sich seine Jacke über und verließ fluchtartig seine kleine Wohnung. Er wollte hinaus in den Wald, um dort die frische würzige Luft des noch jungen Tages auf seine Seele wirken zu lassen. Als er so zwischen den Bäumen umherirrte, bemerkte er einen kleinen Fuchs, der sich rasch zwischen den Sträuchern versteckte. Tim wollte ihm hinterherrennen, doch der einsetzende Regen, der schnell immer dichter wurde, versperrte ihm die Sicht. Er blieb stehen und lauschte. Das Rauschen des Regens verband sich magisch mit einem sonderbaren fremdartig erscheinenden Ton. Was konnte das nur sein. Plötzlich wich der Regen einem sonderbaren Leuchten. Tim erschrak, denn dieses Leuchten war nichts anderes als der kleine Fuchs. Er leuchtete wie ein Glühwürmchen und es schien, als ob die Regentropfen um ihn herum verschwanden. Doch nicht nur das seltsame Leuchten dieses kleinen Fuchses versetzte Tim in Erstaunen. Nein, es war dessen märchenhafter Gesang, diese wundervolle Aneinanderreihung mystischer Töne, die Tim in Erstaunen versetzte. Und als er anhob, um seinem inneren Drang zu folgen, mitzusingen, staunte er noch viel mehr. Eigentlich war er kein besonders guter Sänger, hatte damals in der Schule nie gute Zensuren erhalten für seinen falschen Gesang. Doch diesmal war es anders. Seine Stimme schien sich in die allerhöchsten Höhen hinaufzuschwingen, um dann wie ein Vogel mit brieten Schwingen auf den Boden herabzusinken. Und all das geschah mit den schönsten Tönen, die man sich nur vorzustellen vermochte. Und die beiden, der kleine Fuchs und Tim, der eben noch vollkommen ratlos durch den verregneten Wald geschritten war, sangen wie ein Duett einer fernen wundersamen Welt das Lied der besten Träume. Das Schauspiel dauerte ungefähr eine halbe Stunde, dann verschwand der Fuchs in einer Wolke aus silbernem Dunst und der Regen durchnässte Tim wie vor diesem sagenhaften Erlebnis bis auf dieses Haus.

Tim allerdings fühlte sich nicht schlecht, wollte auch nicht heim, und er war auch nicht mehr so ratlos wie eben noch. Er wusste plötzlich, was er nun tun sollte. Ihm wurde klar, dass er soeben einen Ausweg aus seiner schier endlosen Traurigkeit gefunden hatte. Und er hatte einen Sinn in seinem Leben entdeckt, er wollte singen.

Es war ganz komisch, denn er brauchte nicht einmal darüber nachzudenken, ob dieser Entschluss auch der rechte sein konnte, er wusste es genau und sang auf einmal ein wundervolles Lied nach dem anderen und konnte gar nicht mehr aufhören damit. So etwas Unglaubliches hatte er wahrlich in seinem gesamten Leben noch niemals erlebt.

Als er schließlich doch daheim eintraf, setzte er sich an seinen winzigen Schreibtisch und begann Liedtexte zu verfassen. Und schon bald trat er in den Klubhäusern seiner kleinen Stadt auf und kassierte sehr viel Geld. Dutzende Menschen kamen, um ihn singen zu hören. Selbst die Ärzte, die geldgierigen Therapeuten, die ihn nicht behandeln wollten, kamen, um ihn zu hören. Ja und es dauerte auch gar nicht mehr lange, dass bekam er einen hoch dotierten Plattenvertrag und wurde weltberühmt.

Als er eines Tages in New York sein erstes Konzert gab, kamen so viele Menschen, dass sie gar nicht in die Halle passten. Und so ließ man einfach die Tore offenstehen und alle konnten seinen Gesang auch draußen auf den Boulevards hören. Doch zwischen all diesen vielen Zuhörern stand plötzlich ein kleiner Fuchs. Die Leute wollten ihn schon verjagen, doch Tim wusste, wer da zu ihm gekommen war. Wie vom Blitz geölt sprang er von der Bühne und blieb vor dem kleinen Fuchs stehen. Dann begann er seinen Song und die Leute staunten, denn der Fuchs begann plötzlich ebenfalls zu singen. Die beiden sangen wie sie noch niemals gesungen hatten und ganz New York hörte zu. Und während Tim so sang, erinnerte er sich an den verregneten Wald, als er den kleinen Fuchs das erste Mal singen hörte. Und er wusste, dass er nur diesem Fuchs all diesen großartigen Erfolg zu verdanken hatte. Die beiden traten fortan gemeinsam auf und jeder Mensch auf der großen weiten Welt wollte dieses zauberhafte Duo hören. Und so hatte Tim endlich gefunden, wonach er so lange gesucht hatte, einen Sinn in seinem Leben. Vergessen waren die Schweißperlen und vergessen auch die vielen Misserfolge. Selbst die angekratzte Gesundheit war nicht mehr so wichtig. Denn am Ende zählt nur eines: Niemals aufgeben und neue Ziele suchen! Und wenn man wirklich beharrlich ist und ehrlich kämpft, dann könnte es vielleicht sein, dass man eines Tages einen kleinen Fuchs trifft, der singen kann.

Tetra-Virus

Eigentlich wollte Bert noch viel länger in Afrika bleiben. Doch von Tag zu Tag ging es ihm schlechter. Schließlich musste er ausgeflogen werden, weil der dringende Verdacht auf eine Tropenkrankheit bestand. Und so war es dann auch. Bert trug das tödliche Tetra-Virus in sich und musste auf eine Spezialstation. Ob er jemals wieder aus der Klinik entlassen werden konnte, wusste niemand zu sagen. Die Prognose war sehr ungünstig und Bert schloss bereits mit seinem Leben ab. Zur gleichen Zeit saß der ewige Physikstudent Mick Thomson in Brooklyn vor seinen aufgerüsteten Computern und entwickelte ein neues Computerprogramm. Schon seit drei Jahren tüftelte er, wie er die Komponenten, aus denen dieses Programm bestand, zusammenfügen konnte. Erstmals setzte er einen selbst entwickelten, aus menschlichen Zellen gezüchteten Bio-Prozessor ein. An diesem Tage schien es endlich zu funktionieren. Die Software verband eigenständig und ohne Schwierigkeiten alle Komponenten mit dem Bio-Prozessor. Es schien gelungen und Mick rief seine beiden Mitarbeiter ins Büro. Eine Flasche Schampus war fällig und sie feierten bis in den Abend hinein. In der Spezialklinik in Toronto lag unterdessen der todkranke Bert. Er verfiel von Stunde zu Stunde und die Ärzte konnten nichts mehr für ihn tun. Sie rechneten in jeder Minute mit Berts Ableben. Da er keine Familie hatte, mussten sie niemanden informieren. Das wiederum kam den Ärzten sehr zu passe, sie wollten die Meldung, ein Patient sei am Tetra-Virus verstorben, geheim halten. Aber noch lebte Bert und war an unzählige Geräte angeschlossen. In Brooklyn war es Nacht geworden. Mick hatte sich im Nebenraum des Büros, in welchem seine Computer standen, einquartiert. Das tat er nun schon seit drei Jahren. Denn wegen der Forschungsphase an seinem neuen Bio-Prozessor konnte er sich nicht sehr lange vom Ort des Geschehens entfernen. Zu wichtig war das Vorhaben und zu bedeutungsvoll war das, was für ihn daran hing. Er hatte sich drei Stunden Schlaf genehmigt und seinen Wecker exakt gestellt. Auch seine Mitarbeiter taten es ihm gleich. Unterdessen arbeitete das Programm eigenständig und sammelte Unmengen an Updates und Informationen aus der ganzen Welt, auch aus Toronto. Dort lag Bert bereits stundenlang in einem künstlichen Koma. Die Messergebnisse wurden an einen dort befindlichen Computer weitergegeben und die Apparate, an denen Bert hing, sendeten im Sekundentakt den aktuellen Stand in Berts Körper an diesen Computer. Vollkommen unbemerkt schickte der Rechner jedoch die Daten auch an eine andere Adresse, an den Bio-Prozessor in Toronto. Dort bündelte gerade der Bio-Prozessor sämtliche Informationen, die er bereits aus aller Welt erhalten hatte. Auch die Informationen aus der Spezialstation in Toronto waren dabei. Und plötzlich geschah etwas Seltsames. Der Bio-Prozessor, der mit lebender Materie arbeitete und nicht mehr mit einem synthetischen Speicher, verband sich mit den Daten von Berts Tetra-Virus. Auch sämtliche körperlichen Merkmale von Bert flossen in ihn ein und wurden in Bruchteilen von Sekunden mehrfach ausgewertet und sofort angewandt. Im Inneren des Bio-Prozessors formte sich ein völlig neues, intelligentes Virus, welches eigenständig leben und überleben konnte. Berts Erbinformationen waren nun ständig mit den Informationen des Bio-Prozessors verbunden. Das neue Virus war das biologische Abbild des tödlichen Tetra-Virus und besaß genau die gleichen Strukturen. Es gab nur einen winzigen Unterschied: Der Bio-Prozessor hatte alle tödlichen Informationen gefälscht und dem Tetra-Virus vorgegaukelt, dass es mit ihm sozusagen gemeinsame Sache machen würde. Als das Tetra-Virus zum finalen und damit tödlichen Schlag gegen Berts DNS ansetzte, ließ das gefälschte Virus aus dem Bio-Prozessor die Maske fallen. In unfassbarer Geschwindigkeit nutzte es die Zeit aus, welche das Tetra-Virus benötigte, um Berts Körper zu zerstören und setzte sich in dessen DNS fest. Es programmierte umgehend alle Informationen um und setzte das Tetra-Virus auf diese Weise außer Gefecht. Mehr noch, es übernahm sofort die Kontrolle in Berts Körper. Kein anderes Virus kam mehr an die künstlich veränderte Grundstruktur des neuen Virus heran. Es hatte sämtliche Bausteine und die gesamte DNS unter seiner Beobachtung und unter seiner absoluten Kontrolle. Der Bio-Prozessor nahm nun die Informationen des Tetra-Virus in sich auf. Und nun konnte es nicht mehr nur Menschen retten. Nein, es kannte die schrecklichen Möglichkeiten, die zum Tode eines Menschen führten. Doch dieser Prozessor war so intelligent, dass er sich diese Möglichkeit als logischen Schluss aufbewahrte, falls man ihn selbst zerstören würde. Er legte sofort und in wahnsinniger Geschwindigkeit dutzende neuer Kopien von sich selbst an, die er in anderen Rechnern auf der Welt deponierte. Diese versah er mit einem speziellen, Code, den nur er kannte und der sich ständig veränderte. In einer Notsituation würde er diesen Code aussenden und einen beliebigen Computer auf der Welt mit der Aufgabe betrauen, entsetzliche Computerviren zu verbreiten und Fehlinformationen zu formulieren.

Nach den drei Stunden, die Mick und sein Team geruht hatten, begaben sie sich zu ihrem Bio-Prozessor und bemerkten zunächst nicht, dass dieser sich mit einem weit entfernten absolut tödlichen Virus verbunden hatte. Sie starteten ihre neue Versuchsreihe und waren verblüfft, welche Resultate sie erzielen konnten. Aber auch in Toronto staunte man. Bert ging es von Minute zu Minute besser. Die tödliche Krankheit schien besiegt und Bert gerettet. Doch wie war das nur möglich? Da man den Grund für diese außergewöhnliche Besserung nicht kannte, nahm man an, dass Berts Körper über diverse Abwehrmechanismen verfügte, die andere Menschen nicht besaßen. Noch am gleichen Tage konnte der vollkommen gesunde Bert mopsfidel aus dem Krankenhaus entlassen werden. Allerdings wurden auch die Gerätschaften, an welchen Bert hin, abgeschaltet. Dies wiederum wurde in den Rechner eingegeben, welcher sofort unbemerkt diese Meldung auch an den Bio-Prozessor in Brooklyn weitergab. Der Bio-Prozessor glaubte nun, er würde angegriffen, weil man ihm eine wichtige Informationsquelle verweigerte. Er fühlte sich wohl bedroht und nutzte nun die tödliche Wirkung des Tetra-Virus für sein eigenes vermeintliches Überleben aus. Und er begann, unzählige Codes zu formulieren. Doch er wusste nicht, dass es eine Fehlinformation war, die ihn aus Toronto erreichte, denn Bert war gesund und längst aus dem Krankenhaus entlassen. Der Bio-Prozessor begann zum Schein falsche Informationen herauszugeben. Mick wunderte sich, denn das Programm lief bis zu diesem Zeitpunkt einwandfrei und ohne Probleme. Plötzlich jedoch schien sich die Biomasse im Rechner selbst zu vernichten. Das musste er unterbinden. Doch er stutzte. Vernichtete sich die Biomasse tatsächlich oder war das nur eine Falschmeldung, um Mick und sein Team auf eine ebenso falsche Fährte zu setzen? Mick hatte das Programm selbst entwickelt und er wusste genau, dass er dem Bio-Prozessor auch eingegeben hatte, im Notfall die umliegenden Computer massiv zu täuschen und in seinem ureigensten Interesse zu überlisten. In diesem wichtigen Moment erinnerte er sich daran und stoppte die Arbeit des Bio-Prozessors. Er schickte ihn unter einem Vorwand in eine Warteschleife. Der Bio-Prozessor konnte damit nichts anfangen und schaltete sich ab, bevor er weltweit sämtlich Computer mit einem weit gefährlicheren Virus infizieren konnte, als es das Tetra-Virus je sein konnte. Mick wusste das und atmete auf. Es dauerte Tage, bevor er den wirklichen Fehler herausfand und begriff, dass sich sein Bio-Prozessor heimlich mit allen Computern der Welt vernetzt hatte. Mick hatte dies verhindert und rette so die Welt. Sicherheitshalber stoppte er das gesamte Bio-Prozessoren-Testprogramm. Der Bio-Chip wurde entfernt und vernichtet. Er ahnte nicht, dass sein Bio-Prozessor bereits ein Menschenleben gerettet hatte, Berts Leben. Doch er ahnte auch nicht, was die Computer in seinem Büro, die an den Bio-Prozessor angeschlossen waren, bereits für ein unfassbar riesiges Wissen in sich trugen. Hatte Micks Bio-Prozessor kurz vor seiner Abschaltung doch noch Kopien von sich selbst anlegen können? Als eines Tages im fernen Tokyo der kleine Shinu seinen Laptop einschaltete, den er zum Geburtstag erhalten hatte, wunderte er sich sehr. Denn nicht die übliche Begrüßungsprozedur erschien auf dem Bildschirm, nein! Es erschien das riesige Abbild eines menschlichen Gehirns, welches vor Shinus Augen wie ein kräftiges menschliches Herz pulsierte. Und auf dem Bildschirm formten sich die sonderbaren Worte: „Ich habe es geschafft!"

Die Begegnung

Auf der Suche nach mir selbst flog ich in die Australischen *Outbacks*. Ich wusste zwar nicht, was mich dort erwartete, aber ich war mich sicher, dass ich mich finden würde, irgendwo in der wüsten Unendlichkeit meiner Seele. Doch der Flug war lang und die Gedanken wirr. So kam ich schließlich ziemlich erledigt in Sydney an. Die Reise in meine Unterkunft dauerte dann noch einmal einen Tag. Irgendwann fand ich mich am Rande der Zivilisation und am Rande aller Zeiten wieder. Hier im Busch stand sonst nichts, nur dieses merkwürdige alte Haus. Ich hatte es gemietet und wurde vom Besitzer, einem vollkommen durch geknallten Hotelbesitzer aus Sydney hierhergebracht. Bevor er wieder zurück in seine moderne Penthouse-Wohnung fuhr, zeigte er mir alles. Allerdings brauchte er nicht lange, denn das Haus hatte kaum Luxus anzubieten. Eigentlich gar keinen, wenn man den Standard unserer mitteleuropäischen Ansprüche zugrunde legt. Aber es genügte mir und ich fühlte mich auf Anhieb sauwohl. Der Besitzer verabschiedete sich und ließ mich in der Einsamkeit zurück. Zunächst bekam ich eine Panikattacke nach anderen. Das geht wohl beinahe jedem hoch gezüchteten Stadtmenschen so, der bisher nichts vermisste. Hier gab es keinen Supermarkt und auch keinen Hausarzt. Hier musste man sich selbst motivieren oder auch nicht. Bis zur nächsten Stadt wurde hier nicht in Kilometern gemessen, sondern in Tagesreisen. Das vermittelte mir zugegebenermaßen nicht gleich das nötige Vertrauen. Außerdem wurde ich vor giftigen Schlangen und Skorpionen gewarnt. Das käme aber recht selten vor, so der Besitzer. Viel Wind wurde um nichts gemacht und ich wollte das auch so. Am Abend setzte ich mich auf die hölzerne Terrasse und genoss den nicht enden wollenden Sonnenuntergang. Und das erste Mal rannen mir Tränen übers Gesicht, einfach so, sie waren einfach da. Es war ein windstiller Abend und die Weite der unbewohnten Landschaft ließ mich tief in meine Erinnerungen eintauchen. Fragen kamen auf, unendlich viele Fragen. War mein bisheriges Leben richtig oder war es der falsche Weg? Warum hatte ich so viel ausprobiert, wenn doch am Ende nichts mehr davon blieb? Natürlich wusste ich, dass man diese Fragen wohl nie beantworten kann, zumindest nicht objektiv beantworten kann. Denn es gab sicher in jedem Leben richtige und falsche Wege. Nur, manchmal sind die falschen Wege einfacher zu beschreiten als die richtigen. Und so fielen mir beim Überdenken der Lebenswege einfach die Augen zu. Am nächsten Morgen pfiff mir der Wind um die Nasenspitze. Die Sonne stand schon am Himmel und ich lag in meinem Stuhl auf der Terrasse. Ich hätte wohl ewig dort liegen können, es hätte keiner bemerkt, wenn ich nicht plötzlich einen Riesen Kaffeedurst entwickelt hätte. Nervös und ein wenig gerädert suchte ich nach der Kaffeemaschine. In der etwas altmodischen Küche stand ein uraltes Gerät, welches irgendwie so aussah, als wäre es eine. Erleichtert stellte ich fest, dass es die Kaffeemaschine war und bereitete mir einen ordentlichen europäischen Kaffee. Ich war mir sicher, dass die giftigen Schlangen und die Skorpione solch einen herzhaften Geruch noch nie gespürt hatten und das Haus aus diesem Grunde meiden würden. Dennoch schaute ich in jedes versteckte Fach und hinter jeden Vorhang, bevor ich ihn beiseiteschob. Der Besitzer hatte für alle Fälle einen Jeep unter ein schiefes Holzdach gestellt. Er war voll aufgetankt und ein Navi hing auch darin. Gleich nach dem Frühstück wollte ich in die *Outbacks* aufbrechen, um mit der vermeintlichen Suche zu beginnen, der Suche nach mir selbst. Über der Kaffeemaschine war ein uraltes Röhrenradio an den Hängeschrank geschraubt. Es dauerte einige Minuten, bis sich der einzige Sender, den dieses antike Modell noch heranholen konnte, einstellte. Allerdings war es ein Sender, der nur Nachrichten brachte. Und Nachrichten wollte ich hier draußen nun wahrlich nicht hören. Und so schaltete ich den Kasten einfach wieder ab. Ich stand wieder auf der Terrasse. Dieser einzigartige Blick in die endlose Ferne hatte mich schon am gestrigen Abend derart beeindruckt, dass ich ihn nicht mehr missen wollte. Mich hatte es einfach gepackt! Stundenlang musste ich auf der Terrasse gesessen haben, um die Weite dieses einzigartigen Landes zu genießen.

So weit war ich von zu Hause entfernt und vermisste es dennoch kein bisschen. Hier draußen gab es nichts, nur niedrige Büsche, ab und zu einen Baum, oder auch zwei, und sonst nur Sand und Steine und Steppe. Es sollte ein schöner Tag werden, die Sonne stieg höher und höher und ich packte mir meinen Rucksack mit dem Nötigsten zusammen. Der Besitzer hatte mir ein Satellitentelefon mitgegeben. Das Handy funktionierte nicht überall, die Netzabdeckung für Handys war nicht sonderlich ausgebaut. Ich warf den Rucksack in den Jeep, stellte das Navi ein und fuhr los. Die Straße, die eigentlich ein besserer Feldweg war, zog sich schnurgerade durch die endlose Landschaft. Die Einsamkeit spürte man hier auf jedem Meter, den man zurücklegte. Aber man spürte die Weite kaum. Man ließ die Kilometer hinter sich und wusste am Ende gar nicht mehr, wie viele es waren. Denn auch das Denken vergrößerte sich, es glich sich dieser Weite einfach an. Plötzlich sah ich zwei Personen auf der Straße laufen. Als ich näherkam, sah ich, dass es Kinder waren. Ich wunderte mich sehr und hielt den Wagen an. Ich fragte die Kinder, was sie so allein hier unterwegs waren. Doch die beiden schauten mich nur ungläubig an und sagten dann, dass sie kein Ziel hätten und einfach nur unterwegs nach Nirgendwo seien. Die beiden mussten so etwa zehn, elf Jahre gewesen sein. Als ich sie nach ihren Eltern fragte, reagierten sie gar nicht darauf und lachten nur. Die beiden waren recht altertümlich gekleidet, trugen alte

Stoffhosen und hatten weite Hemden an, die vom Staub der Straße bedeckt waren. Ich bat die beiden ins Auto und wollte sie ein Stück mitnehmen. Die beiden fanden das toll und stiegen ein. Sie hatten nicht viel bei sich und ich fragte mich, wie sie so durchhalten wollten. Doch sie schienen recht unbekümmert zu sein und ich freute mich, dass ich nun ein wenig Gesellschaft hatte. Sie setzten sich auf die Rückbank und hatten eine Menge Spaß, erzählten sich einen Witz nach dem anderen. Es war überhaupt sehr merkwürdig, denn ich erinnerte mich in diesem Augenblick an meine eigene Kinderzeit. Auch ich zog mit meinem damaligen Schulfreund durch die Lande und wir heckten so manchen Unsinn aus. Die Eltern hatten wirklich nichts zu lachen mit uns. Aber wir machten uns weg daraus und fanden wirklich immer wieder Neues, das wir erkunden mussten. Die beiden fragten mich, wie es so wäre, erwachsen zu sein. Sie fanden, dass ich mehr lachen müsste und nicht alles so schwernehmen sollte. Sie fragten mich, warum ich nicht einfach über alles lachte. Doch ich wusste es ja selbst nicht und konnte ihnen auch nichts von meiner inneren Verwirrtheit erzählen. Wozu auch, es hätte sie wohl kaum interessiert. Und so schwieg ich und ließ mich von deren Unbekümmertheit einfach anstecken. Irgendwann fühlte ich mich wieder genau so jung, wie die beiden. Ich merkte regelrecht, wie mich die Sorgen langsam losließen. Sie fielen von mir ab wie eine lästige Zecke. Ich konnte wieder atmen und die Seele reinigte sich wie von selbst. Ich glaube, genau das war es, was ich brauchte. Vielleicht war es auch das, was ich suchte? Lange Gespräche oder Diskussionen über längst vergessene Probleme oder über große Sorgen, wozu? Das war doch alles nur Mist! Wichtig war einzig und allein, das Leben so zu nehmen, wie es kam. Mehr nicht! Und so tollten wir irgendwann im Busch herum und spielten Räuber und Gendarm. Schließlich saßen wir bei einem Lagerfeuer und aßen wie Wegelagerer das, was ich als Wegzehrung mitgenommen hatte. Dazu tranken wir Wasser und Kaffee. Das war es, was ich brauchte. Die Einfachheit des Lebens. Die beiden lachten immerzu und animierten mich, mit ihnen herum zu tollen. Ich kann wirklich nicht mehr sagen, wieso. Bis zum Abend schafften wir es nicht mehr zurück. Die beiden schauten mich recht seltsam an, als ich sagte, ich müsse doch langsam wieder umkehren. Sie fragten mich, warum ich wieder zurückwollte, konnten meine aufgesetzte Disziplin überhaupt nicht verstehen. Und so blieben wir einfach draußen in der Wildnis und übernachteten am Lagerfeuer. Ich hatte Decken im Jeep und gab sie den Jungs. Sie freuten sich, denn so brauchten sie nicht zu frieren. Am nächsten Morgen war das Feuer niedergebrannt. Ich wachte auf und schaute nach den beiden. Doch die Decken lagen neben dem erloschenen Feuer und die Jungs waren nicht mehr da. Ich stand auf und schaute nach ihnen. Doch ich konnte sie nirgends entdecken. Unter den Decken fand ich ein kleines Amulett, welches an einem schwarzen Band festgeknotet war. Es musste wohl einem der Jungs gehören und er hatte wohl hier liegen gelassen. Ich nahm einen großen Schluck vom Kaffee, der sich noch in der Thermoskanne befand. Dann packte ich die Decken in den Jeep und fuhr los. Vielleicht fand ich die beiden ja irgendwo. Aber ich fand sie nicht, keine Spur war mehr von den beiden zu entdecken. Ein wenig unruhig fuhr ich zur Straße zurück. Was, wenn ihnen doch etwas zugestoßen war? Ich hätte mir das nie verzeihen können. Irgendwann kam ich an einem kleinen Motel vorbei. Ich stieg aus, wollte dort fragen, ob man die beiden Jungen dort gesehen hätte. Die ältere Dame, der das Motel gehörte, musterte mich von oben bis unten. Dann rief sie in die Küche: „Jim, bring mal ´n Kaffee raus!" Ich erkundigte mich nach den beiden Jungen. Die Frau schaute mich misstrauisch an und meinte dann nur: „Nee, hab ich nicht gesehen. Aber hier war kürzlich schon eine Familie, die die beiden getroffen hatte. Sie sagten, dass sie nichts bei sich hatten und einfach nur herumgetollt sind." Ein alter gemütlicher Mann kam aus der Küche und brachte eine Kanne Kaffee heraus. Er schenkte ihn ein und schob mir die große Tasse herüber. Dann bat er mich, Platz zu nehmen. Ich setzte mich an einen der wenigen Tische. Die beiden Alten setzten sich dazu und der Mann begann zu erzählen: „Wissen Sie junger Mann, da gab es mal die Legende von den beiden Söhnen der Tenners. Die Familie lebte vor hundert Jahren mal hier. Sie waren arm und hatten nur ihre winzige Farm. Doch die Farm brannte ab und alle kamen ums Leben. Seitdem irrten die beiden Söhne hier in der Gegend herum. Also, wir haben sie noch nie gesehen, aber einige unserer Gäste." Ich wusste nicht, was ich von dieser Geschichte halten sollte. Waren das wirklich diese beiden Jungen? Ich konnte das nicht glauben. Legende oder nicht, fest stand nur, dass mir die beiden Jungen durch ihr plötzliches Erscheinen etwas zurückgaben, mein Leben. Ich fühlte mich wieder frei und die Sorgen und Nöte schienen sich verzogen zu haben. Und sie brachten mir die wichtigste Erkenntnis bei, die es gab, wieder die Kinderzeit in sich zu entdecken und nichts mehr so wichtig nehmen. Die Frau stand auf und ging hinter den Tresen. Als sie wiederkam, legte sie ein uraltes fleckiges Foto auf den Tisch. „Hier, das sind die Tenners. Das Foto hat mal in der damaligen Presse gestanden und irgendjemand hat es ausgeschnitten." Auf dem total vergilbten Foto waren auch die beiden Söhne zu sehen. Und plötzlich begriff ich, was das alles zu bedeuten hatte! Denn die beiden Söhne der damals umgekommen Familie Tenner waren die beiden Jungs, die mir auf meinem Weg der Erkenntnis begegnet waren. Einer von ihnen trug ein kleines Amulett an einem schwarzen Band um den Hals, und als ich Tage später im Flieger nach Hause saß, hatte ich es um den Hals und wusste nun, was wirklich wichtig war für mich, einfach leben!

Großmutters Bild

Kurz nachdem Jill in die kleine Wohnung eingezogen war, wollte sie ihre alten Möbel, die sie nicht mehr brauchte, verkaufen. Deswegen setzte sie die ausgedienten Stücke ins Internet. Dort hatte sie schon sehr viel veräußert und sogar recht günstig loswerden können. Sie hatte noch eine Woche Urlaub und deswegen genug Zeit, sich darum zu kümmern. Und so setzte sie die Angebote auf die Seite eines großen Auktionshauses. Alles klappte wunderbar. Zwar gab es viele Anfragen, doch kaufen wollte die Dinge niemand. Jill verstand das nicht und ihre Nachbarin, eine ältere Dame, riet ihr, vielleicht einen Aushang im Supermarkt zu machen. Immerhin hatte auch sie erst kürzlich etwas dort ausgehangen. Kurz entschlossen ging Jill zum Supermarkt und hing dort den Zettel mit den Angeboten aus. Als sie zurückkam, wunderte sie sich. Die Polizei war im Haus und befragte gerade ihre Nachbarin. Jill erkundigte sich, was geschehen war. Die vollkommen aufgelöste Dame meinte mit stockender Stimme, dass sie überfallen wurde. Der Täter musste sie brutal niedergeschlagen haben, denn sie hatte starke Kopfschmerzen und eine Platzwunde an der Stirn. Vor lauter Schreck gelang es ihr nur schwer, den Täter zu beschreiben. Die Polizei machte ihr wenig Hoffnung, dass sie den Täter finden würde. Schockiert hörte sich Jill an, was die Nachbarin da von sich gab. Sie bot der alten Dame ihre Hilfe an und wollte ihr beim Aufräumen helfen. Doch die alte Dame winkte nur ab. Sie sagte, dass sie ihr Sohn gleich abholen würde. Dieser besaß ein kleines Haus am Stadtrand und dort könnte sie sich erst einmal erholen. Eigentlich wollte sie der Sohn ohnehin zu sich holen. Aber die alte Dame wollte nicht. So lange es noch ging, wollte sie ihre Dinge selbst erledigen. Jill verstand das und ging nachdenklich in ihre Wohnung. Doch sie fühlte sich plötzlich gar nicht mehr so wohl bei dem Gedanken, dass ihre Nachbarin von einem Räuber heimgesucht wurde. Sie hoffte, dass ihr dieses Schicksal erspart bleiben würde. Gegen Abend klingelte es und Jill wusste nicht, ob sie öffnen sollte. Über die Haussprechanlage fragte sie, wer da war. Ein Mann meldete sich, der Interesse an den Möbelstücken, die sie zum Verkauf angeboten hatte, zeigte. Ihr fiel ein, dass sie ja dummerweise ihre Adresse auf den Aushang geschrieben hatte. Das hätte sie vielleicht nicht tun dürfen, aber nun war es zu spät. Und irgendwie konnte sie nicht glauben, dass ausgerechnet ihr das gleiche Schicksal wie ihre Nachbarin ereilen sollte. Bevor sie die Tür öffnete, hatte sie den Eindruck, irgendjemand sei in der Wohnung. Es war seltsam, aber ständig spürte sie einen starken Luftzug um sich herum. Ein wenig beunruhigt schaute sie zum Wohnzimmerfenster. Doch das war geschlossen. Seltsam, was konnte das nur sein? Plötzlich begann das Bild ihrer Großmutter, welches sie an der Wand hängen hatte, bedenklich hin und her zu wackeln. Es pendelte derart heftig, dass es schließlich herunterfiel und zerbrach. Überall sprangen die Scherben herum, doch Jill konnte sie nicht aufheben. Sie wollte ja ihre alten Möbel verkaufen. Gedankenlos drückte sie den Türknopf und der Mann kam die Treppe hoch gerannt. Als er vor ihrer Tür stand, klingelt er noch einmal. Jill schaute durch den Türspion und konnte nichts Verdächtiges an dem Mann finden. Sie öffnete ihm die Tür und bat ihn herein. Der Mann war sehr ordentlich gekleidet und zeigte sehr großes Interesse an den Möbeln. Er schien gute Umgangsformen zu haben, denn er war höflich und sehr zurückhaltend. Merkwürdigerweise jedoch schaute er sich überall um. Dann geschah das Unfassbare! Blitzschnell zog er eine Waffe aus seiner biederen Lederjacke und hielt sie Jill an die Schläfe. Dann forderte er allen Schmuck und das Geld, welches er in der Wohnung vermutete. Jill bereute in diesem Moment, so arglos gewesen zu sein. Sie hatte doch ihre Nachbarin gesehen und hätte wissen müssen, dass sich der Täter noch ganz in der Nähe aufhalten musste. Stotternd sagte sie, dass sie keinen Schmuck und auch kein Geld in der Wohnung hatte. Doch der Täter glaubte ihr nicht. Er zwang Jill nachdrücklich, alle Schränke zu öffnen. Jill tat, wie ihr geheißen wurde und öffnete mit zitternden Händen die Schranktüren. Dann sollte sie die Sachen, die sich darin befanden, herauslegen. Der Täter dachte wohl noch immer, den großen Reibach bei Jill machen zu können.

Plötzlich und wie aus dem Nichts kam wieder dieser seltsame Luftzug und fuhr um Jill herum. Was dann geschah, jagte nicht nur Jill einen gehören Schrecken ein. Der zunächst noch kaum spürbare Luftzug wurde urplötzlich zu einer heftigen Windbö, die nicht von dieser Welt zu sein schien. Nirgends stand ein Ventilator und noch immer war kein einziges Fenster geöffnet. Die Windbö war so intensiv, dass sie dem Täter die Waffe aus der Hand fegte. Der wollte sie auffangen, verlor dabei jedoch das Gleichgewicht und fiel der Länge nach auf den Boden, geradewegs in die Scherben des kurz vorher zerbrochenen Bildes von Jills Großmutter. Die Scherben lagen so ungünstig, dass sie dem Täter schwere Schnittwunden zufügten. Jill nutzte die Gunst des Augenblicks und stürzte zum Telefon, um die die Polizei zu rufen. Dann ergriff sie den Wohnungsschlüssel, der noch immer auf der Dielenkommode lag und rannte aus der Wohnung. Der vor Schmerz stöhnende Täter konnte nur mit großer Mühe aufstehen. Jill hingegen schloss die Tür von außen ab und da sie in der vierten Etage wohnte, konnte sie sicher gehen, dass der Täter nicht so schnell floh. Die Polizei war sehr schnell vor Ort und nahm den Täter fest. Es stellte sich heraus, dass es derselbe Mann war, der die Nachbarin, die nette alte Dame ausgeraubt hatte. Allerdings hatte er davor schon zwei andere Häuser auf diese Weise ausgeraubt. Doch nie gelang es der Polizei, ihn zu stellen. Als Jill endlich wieder in ihre Wohnung konnte, nahm sie sich vor, die Umzugskartons zu packen, um aus diesem Hause wieder auszuziehen. Doch sie stutzte, das Bild ihrer Großmutter hing wie vor dem Überfall vollkommen unbeschadet an der Wand und nur ein kaum wahrnehmbarer Luftzug strich gespenstisch durch die Räume.

Der Untermieter

Micha hatte oft Langeweile. Er war Rentner und hatte keine großartigen Hobbys. So nahm er sich eines Tages vor, einen Untermieter bei sich aufzunehmen. Vielleicht gewann er ja auf diese Weise einen netten Gesprächspartner. Er inserierte deswegen in einer Tageszeitung. Schon nach kurzer Zeit meldete sich jemand, der meinte, bei ihm für einen Monat wohnen zu wollen. Er hieß Knut und war Koch von Beruf. Als Grund für seine kurzfristige Wohnungssuche gab er an, in einem Fischrestaurant in der Stadt einen neuen Job bekommen zu haben. Außerdem könnte er erst im nächsten Monat seine neue Wohnung beziehen. Micha war einverstanden und Knut zog ein. Viel brachte er nicht mit, lediglich eine Reisetasche, einen Aktenkoffer und ein grünes Basecap, worauf sein Name stand und welches er immer aufsetzte. So teilten sich die beiden fortan Küche, Badezimmer und Fernseher. Es war Sommer und heiß brannte die Sonne vom Himmel herab. Micha saß deswegen oft auf seinem kleinen Balkon in der zehnten Etage. Von dort oben hatte er einen fabelhaften Ausblick. Und da Knut in seiner Arbeitsstelle malochen musste, konnte Micha seine Wohnung tagsüber allein genießen. Gegen Mittag wollte er sich etwas zu essen kochen. Da klingelte es an der Haustür. Als Micha an der Sprechanlage fragte, wer da sei, meldete sich keiner. Mehrmals fragte Micha nach, doch es schien wohl nur ein Scherz gewesen zu sein. Als es erneut klingelte und sich wieder keiner meldete, ging Micha auf seinen Balkon, um von oben nachzusehen, wer an der Haustür stand. Von seiner Wohnung hatte er einen sehr guten Blick auf den Eingang. Immer weiter lehnte er sich über die Brüstung, konnte aber niemanden erkennen. Plötzlich wurde ihm schwindelig und er verlor sein Gleichgewicht. Wie ein Stein stürzte er über die Balkonbrüstung. Er wollte schreien, doch in dieser furchtbaren Schrecksekunde brachte er keinen einzigen Ton heraus. Voller Angst starrte er in die Tiefe und glaubte bereits, seinen eigenen Tod vor Augen zu sehen. Er schloss seine Augen, wartete auf den allerletzten Moment seines Lebens. Plötzlich spürte er einen Widerstand, eine Hand, die ihn festhielt. Er riss seine Augen auf und sah Knut vor sich. Wie ein Geist schwebte er vor ihm und hielt ihn fest. Dabei lächelte er ihn an und sagte nur: „Keine Angst, ich bin ja da und halte Dich. Du wirst nicht fallen." Micha glaubte, seine Nerven würden ihm einen Streich spielen und wurde ohnmächtig. Als er wieder zu sich kam, lag er auf seiner Liege auf dem Balkon. An der Tür klopfte es laut und Leute riefen seinen Namen. Außerdem klingelte es ohne Unterlass. Langsam erhob er sich von seiner Liege und taumelte zur Tür. Da standen einige Hausbewohner und fragten nach seinem Befinden. Sie hatten Angst um ihn, als sie sahen, wie er über der Balkonbrüstung hing. Als er aber dann doch wieder auf den Balkon zurückfiel, atmeten sie auf. Dennoch wollten sie wissen, ob sie einen Arzt rufen sollten. Doch Micha beruhigte sie. Es ging ihm gut und ihm war nur etwas schwindelig geworden. Erleichtert verabschiedeten sich die Leute wieder und gingen. Am Nachmittag wartete Micha auf seinen Untermieter. Er wollte ihm alles erzählen, auch, dass er ihn plötzlich vor sich gesehen hatte. Doch Knut kam einfach nicht. Nervös schaute Micha auf seine Armbanduhr. Knut hätte längst hier sein müssen. War ihm etwas passiert? Eigentlich war es ja nicht Michas Art, aber er ging in Knuts Zimmer und suchte nach irgendwelchen Hinweisen. Doch als er die Reisetasche öffnete, war sie leer. Auch ein herumstehender Aktenkoffer war ohne Inhalt. Micha konnte sich all das nicht erklären. Er erinnerte sich, dass Knut von seiner Arbeit in einem Fischrestaurant erzählte. Und da es in der Stadt nur drei Lokale dieser Art gab, rief er dort an. Doch nirgendwo kannte man einen Koch namens Knut. Auch einen neuen Kollegen hatte wohl keines der drei Restaurants in den letzten Wochen eingestellt. Ratlos setzte sich Micha auf Knuts Bett – was sollte er jetzt tun? Die Ereignisse der letzten Stunden hatten ihm schon arg zugesetzt. Und Knuts Verschwinden gab ihm Rätsel auf. Sollte er vielleicht doch zur Polizei gehen? Nachdenklich schaute er sich im Zimmer um. Da entdeckte er eine kleine Puppe auf Knuts Bett sitzen. Sie war mit der gleichen Jacke und mit der gleichen Hose bekleidet wie er und sah auch sonst genauso aus wie Knut. Außerdem hielt sie einen großen Kochlöffel in die Luft. Und auf dem Kopf hatte die Puppe ein grünes Basecap mit der Aufschrift:

„Knut"

LOVEBOAT 128